UNE
VIE
TOUTE
NEUVE

嶄新生活

邵慧怡

水清徹底兮
魚行遲遲
空闊莫涯兮
鳥飛杳杳

宏智正覺《坐禪箴》

目錄

007 推薦序 片斷的生活：讀《嶄新生活》 黃宗潔

輯一 一則故事的開頭

017 一則故事的開頭
025 龐畢度書店
031 如果二十八號在左邊……
039 原諒
049 午寐聖地
063 拉德方斯通心術

輯二　Des Bonbons

073　小線索之王
089　嶄新生活
101　喬派西畫叉叉
117　必須逃掉的聖艾密里翁車票
131　Des Bonbons
141　摩天輪
157　十分鐘前，我說
171　重量

輯三　記得下週不見

185　了不起的街頭藝人

193 偏見的、太偏見的
209 記得下週不見
227 恩格斯怎麼想
237 中國功夫與費里尼
247 救命啊！安媽媽

輯四　虛線

257 眷戀的春天
269 虛線
281 12/24/2011
315 後記　寸絲不挂，旅途與其後

推薦序

片斷的生活：讀《嶄新生活》

國立東華大學華文文學系教授　黃宗潔

多年前某次去日本旅行，在天守閣的觀景台不免俗地進行著觀光客常見的行為：用投幣式望遠鏡胡亂對焦。結果，我看見了遠方某個辦公大樓裡還未下班的人影。當時的心情有點微妙，像是不慎窺見了別人不欲公開的私隱，但另一種心情則是，身為觀光客的我，與這位永遠也不會知道是誰的上班族，在一瞬之間產生了（儘管只有我知道的）交集，我揣想著他下班之後會像個普通白領離開辦公室、然後回到自己的生活，除了那一瞬之外，這個人的人生以及其他世界上某個角落發生的，他人的人生，都在我所看不見之處繼續著。我有時會被這樣的心思糾纏，想像著視野所不能及之處的，他人的生活，卻很難具體說出那抽象又隱微的心緒，究竟是被什麼所牽動。直到閱讀岸政彥的《片斷人間》，看到他提及某次出差那霸市的經驗，在深夜途經某間度假飯店時，下意識盯著飯店窗戶的他，偶然看見電梯停了下來，他稍稍瞥見走進電梯的人的後腦勺，電梯門隨即關上。在那一瞬間，岸政彥說：

當下我卻覺得，自己和這個不知名的某人，『一起搭上了』這間飯店的電梯。既不知長相、姓名、性別和年齡，也不知前來沖繩的理由或搭電梯的目的——一個我一無所知的陌生人，正好在某間飯店的某層樓走進電梯，那瞬間的景象，恰巧被夜晚走在路上的我瞧見。而這件事除了我，沒人知道。

看到這段話的時候，我內心「啊」了一聲，就是這樣的感受！竟然有人如此具體地寫出了我內心那無以名之的悸動。一個過去與未來我們都將一無所知的人，但他的生命有非常短暫的瞬間，與你發生微不足道的，甚且無意義的交集。當然還有更多，是連交集也不存在的，獨一無二、無窮無盡地散落的片斷。這個世界，是由無數這樣散落的片斷集結而成。

閱讀邵慧怡的時候，我想起了天守閣的望遠鏡，想起了《片斷人間》，因為在她的作品中，我同樣讀到、感受到此種，對無窮無盡地散落在世上的片斷深深著迷，被其中的意義與無意義吸引的特質。這個特色，在前作《遊蕩的廓線》中已清楚得見。她的人物速寫與其畫風頗為近似：簡筆勾勒輪廓，形象精神亦隨之浮現。但細讀之後就會發現，她筆下紀錄的多數人物，無論是房東、同學、司機或其他旅途中偶遇的人，與她之間的交集，有時未必比「一起搭上」飯店電梯的陌生人多出太多。但重要的是，她仍記得他們。

因為記得，所以她寫下法國南部短暫旅行時，遇見的以色列女士。當時她買了薰衣草茶包給這位有睡眠障礙的女士，「至今我偶爾會想起她，但我想就算再見面，恐怕我們也認不出彼此了。」她說。在清晨五點多的史特拉斯堡，一對老夫妻指引她正確的方向後，她寫下：「之後，他們道別與祝福。這輩子他們不可能再相遇了，但這也無妨，因為他們知道，他們都被這一刻影響了。他們說不出來那是什麼，但他們隱隱約約知道。」這隱隱約約的感受，在書末〈夢之旅〉一篇中，有了更為明顯的輪廓：

不知道明天的史特拉斯堡還下雨嗎？電影明星有沒有找到他的行李房鑰匙？車站的女服務生，仍戴著她的草帽煮咖啡？

我想我永遠不會知道了。我只知道他們留在我的記憶中，然後，可能的話，他們會在我的想像中繼續活下去，就此和真實的人生分道揚鑣。

我永遠不會知道他們接下來的「如常」，或是未必如常。但他們留在我的記憶中，在我的想像中，擁有了延續的，嶄新生活。

從這個意義上來說，同樣以異國生活、移動之憶記為主要內容的《嶄新生活》，或可視為《遊蕩的廓線》之某種延續。《嶄新生活》置於書末的〈12/24/2011〉一篇，與前述〈夢之旅〉甚至具有某種遙相呼應的互文效果。文中憶述十多年前的越南之行，邵慧怡這麼形容：「十多年前的行程，本該忘去的景與事，萍水相逢的剎那。他們。似乎靜候在角落，等待著。就像被我留在抽屜底層，那些染上淡淡顏色的相片。」她已想不起當年相遇的阿玉的臉，但仍不時想起這趟旅程，偶然也會想著，「他們現在如何了呢？」本該忘去但未曾忘卻的萍水相逢，無須刻意渲染其中的意義及影響，但那些有意義或無意義的斷片，就是被記住了。而無數的斷片之積累，也能勾勒出形形色色的，人生風景。邵慧怡作品的好看之處，其實正在其淡筆文字的線條輪廓，就像她對記憶中阿玉的形容：「相貌早已模糊難辨，但她那開朗而舒坦的笑容，留住了。」她筆下人物形象生動，卻未必個個具體，顯然是因為她也清楚意識到岸政彥所提醒的：「記錄這種片斷性邂逅中所談到的片斷性人生，然後將其普遍性地、整體性地視為對方的人生，或詮釋為對方所屬的族群的命運，這其實是一種暴力。」因此，她對片斷的記述，以其碎片化特質而展現出某種必然的視野局限，但此種局限的視野，正是移動與行旅的必然。

正因為旅居時的相遇都是片斷性邂逅，邂逅對象既是一無所知之人，反應難以預期，自然不乏「情理及意料之外」的互動：幫朋友代購精品包時，帶著職業化笑容的優雅女售貨員，突然在遇到中國顧客時，無視其問題直接用中文大聲喊著：「沒有啦！沒—有—了—啦—！」；喜劇演員般口若懸河精力旺盛的導覽員「喬派西」，卻在第二次相遇時，無視自己的微笑與招呼，頭也不抬地說：「參加導覽的人那麼多，我哪記得誰是誰啊。」；龐畢度書店裡，要求自己幫忙挑張生日卡給小孫女的老先生，在喝咖啡的邀約被回絕後，突然表示要回家下廚而匆忙離開……

但伴隨這些意料之外的事件與互動而生的心情，無論是擔憂、偏見、不滿、好奇、驚喜、感慨或失望，邵慧怡都點到即止，有時甚至僅停留在事件本身，心情與想法則付之闕如。這讓她的文字語言具有強烈的鏡頭感，又帶有相當的疏離感。我們看見發生了些什麼，但主角為什麼來到此地？她的種種經歷帶來的所思所感、影響與改變是什麼？讀者卻未必能掌握充分的線索。這讓我想起攝影師辛蒂・雪曼（Cindy Sherman）的一系列《無題》自拍照，每張照片都宛如劇照，能召喚觀者的熟悉感，卻不指向任何實際的電影作品。邵慧怡的散文曾被論者形容為「像看一場歐洲電影」，或許正在於她的文字所召喚的閱讀感受，同樣帶有這種由光影、氛圍、人物組成一幅幅立體畫面，指向某種似曾相識的情境之特質。

這樣的特質，也讓邵慧怡的旅行文字，未必符合一般讀者對「旅行文學」的印象，就算將這些篇章拼湊起來看，也是對話比事件多、「路上」比定點多的日常風景。但在一個全球化移動已如此普遍的年代，我們早已不需要透過他人的旅遊經驗「增廣」己身之見聞。我們需要增加的，是對這變動不居又複雜多元的世界，更細膩的理解。透過邵慧怡版的「片斷人間」，我們反倒能將這些未必依照時序地點，有些隨性的散落碎片，疊加在我們自身的碎片上，想起那些我們曾經遇過的人與事。並且像她一樣，在看盡各種碎片之後安慰自己，就算天氣與身體有時都令人感到疲憊而難以忍受，就算身上背著過大的背包、腦中有關不掉的自我貶抑，莫名其妙地帶著一條穿不上的牛仔褲，還是可以感受到：「幸運的是，竟有些糖果在褲子口袋。」

輯一

一則故事的開頭

一則故事開頭

七月，我們搬到密特朗國家圖書館（La Bibliothèque François-Mitterrand）附近時，經常到那兒去散步。我們的新住處和圖書館之間隔著一座廢棄工廠，工廠另一邊是大工地，再過去好幾條鐵道，鐵道上偶有慢車。橫跨工廠跟鐵道上方架了座便橋，每次我們經過，看著下方工廠牆壁給塗鴉得亂七八糟。

一次我們開玩笑說，要去買把鎖掛在這座兩旁鐵網的水泥橋上。來巴黎的觀光客在塞納河橋上掛滿了鎖，我們老覺得這種事很幽默——祝福愛情的紀念石頭，永摯不渝的鎖——實在忍不住想嘲弄一番。

走到密特朗圖書館的這段路少有車，倒是有不少跑者。在歐洲，你很容易看到人們在運動。不管什麼時間，總會瞧見路上有跑者，騎自行車的，溜直排輪的。在巴賽隆納，下班後，人們就在分隔島的水泥道上溜，一列人龍過來，又一列人龍過去。我實在很難將出國前在報紙上讀到，西班牙年輕人高失業率，社會不安，跟這樣的景象連結在一起。

圖書館附近空曠，許多地方仍在施工。因為施工，他們封起整條馬路，居民自動將其變成一條大跑道。巴黎當時天氣乾爽，跑起來應該非常享受。

那時我還不跑步。

我試著從橋頭跑到對面圖書館旁的ＭＫ２電影院，結果氣喘吁吁。此新興區域腹地廣大，所有建物都豪邁，店家也跟著大開：咖啡店、大型體育用品賣場、販售各樣影碟及設計品的電影城。密特朗圖書館也是，它在四座高樓之間，西邊及東邊各有一入口，圖書館位於地下兩層，可並未佔滿。

圖書館的設計者在中央長方型的天井區打造了一座森林，那真是一座溫帶林。你可以走上兩側走道，或從大面落地窗欣賞這座人造林。他們在館內的走廊上設置了幾塊精緻的說明板，木製的，介紹森林裡的植物和小動物們。各樣美麗的鳥禽，如果你待得夠久，如果你夠幸運，或許你能看到牠們。

然而在巴黎我只見過鴿群。四處的鴿子，數量多到讓人有些害怕。巴黎的鴿群對麵包屑過分積極，可嘆他們失去了鳥的樣貌，反倒淪落為像長著翅膀的鼠輩。除此之外，我還在黑森林的蒂蒂湖（Titisee）畔，遇過一群野鴨。

一男人，身後一隻寵物犬，在湖畔離紀念品店區稍遠之處，沙灘上。

那是我頭次瞧見原來湖水也起浪，野鴨乘著浪勢載浮上岸，湖面波光，鴨影搖曳，犬隻對著鴨群吠吼，邊吠叫卻後退，心裡膽怕得很。真是幅有趣的浮世繪。

九月，某日，我獨自從史特拉斯堡（Strasbourg）搭火車越過萊茵河，到德國的奧芬堡（Offenburg），從那兒轉車到弗萊堡（Freiburg im Breisgau），再轉公車到黑森林。那是段平靜的旅程。你坐在火車上看著窗外，這段萊茵河道沒你預期得寬闊，河水默默順流。你經過邊界鄉鎮，不見一人，只牛羊低頭吃草。那時，你在想什麼呢？

你不記得了。當你可以把視線放在遠方，你會發現，曾經你以為重要的事，重要的人，似乎都不再那樣要緊了。

一天的行程是沒辦法走黑森林的。我沒有任何登山準備，最後只沿著蒂蒂湖畔，繞了半圈。

九月下旬或許並非旅遊旺季，旅客不多，多半是退休、上了年紀的長者。我沿著湖畔小徑漫步，兩旁高大的針葉林，木屑和落葉平鋪在地，泥巴土踩起來鬆軟。在步道轉彎至露營區之前，靠山邊的樹根處長了些蕈類。方大紅豔的蕈類，它們引起我莫大的興趣。沿途我撿拾了一些松果，這裡的松果和我在南方看到的不同，黑森林的松果呈柱狀，質軟，後來我才知道那是因為森林裡潮濕，待水分脫乾後，他們也變得堅硬。

約莫我走回鎮上時，下雨了，我趕忙躲進服務中心。中心裡有間小客廳，桌上放了當地活動的宣傳單張，幾位老先生早就坐在裡面翻報紙。

回程的巴士站離服務中心有段不長不短的路，等了會，不見雨小，我只好勉強撐傘往外走。雨斜斜地追打，我的褲腳和身後都濕了。我以為自己會濕淋淋地上車，不料還未走到路底，拐個彎，雲層便散去，一小塊藍天，懸著兩道彩虹。

一位老先生站在巴士站牌前仰頭看。他看得出神，眼裡只有彩虹，好像下不下雨，不關他的事。

趕著搭車的人經過他身旁，沒人停下來，也沒人抬頭。遊客們不覺得這有任何稀奇。他們來是為了看著名的蒂蒂湖，在湖畔喝咖啡。他們買些真空包裝好的燻肉回去，有些人等不及，當場就站在小販攤前吃起煎香腸堡。

「彩虹有兩道呢，」我說。

經過老先生身邊時，我忍不住跟他講話。

「是啊，」他回我，笑得很開心，「很漂亮啊。」

住在密特朗圖書館附近時，天氣總是乾爽。早晨天亮，陽光照進，穿透陽臺拉下的鐵門氣孔，印落窗簾上一串串摸不著的光質鏈飾。

搬到此地一些時日後，我們決定探索附近區域。下午，我們走在街上，受身邊跑者影響，我也想試著跑起來。我告訴同伴，打算先跑過便橋，到對面等她。那時我還不知該怎麼跑步，我跑得太快了。我跑過橋，跑過封閉的馬路，氣喘吁吁抵達影城的設計品店。他們在那裡放了座雕像：身材比例如孩童的年輕男人，伸直手拎著一隻雞。我看著，覺得前衛新奇。

等待時，忽然一則故事開頭浮現。

年輕人和他的同伴，在晴朗的夏日午後，他們愉快地相約，他先跑過橋到另一頭等她。或許這則故事的開頭，伴隨著貝多芬第五號小提琴奏鳴曲「春」

（對，正是個春意盎然而歡愉的夏日午後）的旋律。年輕人跑過塗鴉牆和工地，體育用品賣場，佔據街角的愛爾蘭酒館，以及新得刺眼的完美柏油路。他跑著，最後來到約定好的購物中心前。年輕人推開沈重厚實的側門，走進空闊的販賣區轉了一圈，最後在門邊等待著。日光透過新大樓的玻璃牆面，貼照灰色地磚鋪成的地面。而牆邊角落，擺放一座鍍銀的當代雕塑。

他耐心地等著，然而，她卻再也沒出現。

一開始他無法接受這件事，四處尋找，不過，因為他們倆是初來此地，短暫停留的旅人，所以壓根沒人認得他們，又或者應該說，根本沒有人意識到他們的存在。他發瘋似地搜尋，懷疑各樣可能性。她去哪了呢？人總不可能這樣憑空消失吧？

他將自己逼迫到瘋狂邊緣，逐漸地，他開始懷疑自己。先前他咒怨、憤罵、拳打腳踢那些告訴他，其實壓根並沒有「她」的人，現在他困惑起來，難道他們說得對，自始至終，僅僅只是他自己一人？

難道她真的從未存在過？

不，不可能，假若她從未存在，那麼他身邊這些先前屬於她的物件，牙刷、墨鏡、用來記錄每天花費，印有淺藍色格線的 Rhodia 筆記本、單眼數位相機……又是哪來的呢？

除非——最終他只有一個答案，便是這一切包含他自身，都是他的想像。如同第二道霓虹，第一道彩虹，還有，每天早晨穿透氣孔，印照幔簾上重疊的光斑。全然幻夢一場。

想著想著，我驚慌起來，直到同伴踱步走近。

「走吧，我們去逛逛。」她說。一副若無其事樣子。

龐畢度書店

在巴黎的時候，我們去了龐畢度三、四次。

第一次去是陰天，回程路上還下起雨。那天是八月第一個星期天，每個月第一個星期天，你可隨意去巴黎任何一間博物館或美術館，不需要門票。當時我們選擇去龐畢度純粹因為門票不便宜，得花十四歐元。後來我們才知道，其他博物館或美術館的門票也不見得便宜到哪去。

大約早上十一點多我們抵達，入口前方的扇形石板廣場排了整列遊客。人比我們預期的少，人龍不斷移動，一下便進到室內。

我們不知道從哪個展覽看起好，決定先去美術館裡的咖啡廳喝杯咖啡。那時咖啡廳也沒人，幾位穿黑衣服的工作人員在閒聊。不像後來用餐時間，人可多了。我打算看二十世紀初的畫作，在四樓。你可以坐電梯上去，先到最頂層，和所有人一樣，眺望巴黎，再去欣賞藝術品。

巴黎天陰，如同它灰泥色的圓頂，一浪又一浪翻在城市中。靜置的紅磚煙囪像無聲的排笛，遠遠地可以眺望蒙馬特的聖心堂。你低頭往下看，廣場上，領隊們各自舉著小旗幟，引領一團團觀光客。

等我們留意到時，我們已經耗費太多時間在四樓的畫作上。我們看得仔細，不知道自己何時成為了現代藝術愛好者。結果，沒有時間留給下個樓層的當代作品，只好逛逛書店。

那時，我們還沒造訪過巴黎其他書店，我們來到這城市甚至不及一個星期，對任何事物都感到新奇。我們搞不清楚方向，分不出優劣好壞。不過當我們看到龐畢度書店時心裡卻想著同一件事——完了，我們要破產了。

之後在巴黎的日子，如果我們去其他地方，回程時間還早，我們就去龐畢度書店打發。那裡有各種各類的藝術書籍，難得一見的紀錄片，書區之外則販售館藏畫作明信片、卡片、海報、設計品。

L喜歡攝影，他也不看別的，總是埋在攝影書區，一本一本翻。我把各類別都看過一遍，弄懂了它們表示什麼。書區的標示牌僅有法文。

直到我們要離開巴黎前，又花了一整天待在書店。那時龐畢度在舉辦李希特（Gerhard Richter）的展覽，我們去看了，常設展和外面布朗庫西（Constantin Brancusi）的工作室，我們也去看了。可是，我最喜歡的還是書店。看不懂法文，翻著看圖片和裝幀編排也喜歡。書店裡的書全是美麗的書。

這天，L正在找攝影集，我隨意看，一位老先生出現在我面前。他滿頭白髮，彎著身子，跟我打招呼。我回他。他可以講點英文。他從側背的書包裡拿出一張紙版，上頭印刷中文和對照的英文解釋。他指著其中幾句中文，試著和我講幾句問候語。

我不清楚他要做什麼。

他問我從哪來？他說，有件事想請我幫忙，他遇上了一個難題。

我防著他。我說，說來聽聽。

他說，他需要有人給點意見，要幫他的小孫女挑張生日卡。

這樣啊，我笑著說，這我可以幫你。

我和他走到卡片架前，他告訴我關於他的小孫女。

她十二歲，他說，我孫女數學好，還會跳芭蕾，她也喜歡畫畫。

老先生拿了張抽象畫的卡片問我適不適合，我說，這大概不行哦。

十幾歲的女孩會喜歡什麼？我看著眼前這些精緻的卡片心想，可愛點的東西是嗎？那麼，龐畢度書店可稱不上是好地方了。畢卡索、塞尚、馬奈、莫帝利安尼……哎，各位高貴的藝術家先生們，你們佔據了巴黎美術館牆面，恐怕卻難以擄獲一位小女孩的芳心。

當我正一一檢視架上的卡片時，老先生走到我身旁說：真謝謝你啊，我請你去喝杯咖啡好嗎？

我回絕他，幫這個小忙實在算不得什麼，「況且，我朋友還在裡面看書呢——」我說。

哦，他說。

我們又各自回去挑卡片。

有沒有誰跟芭蕾舞有關呢？我還在想。

啊！竇加！

但是，十二歲會喜歡竇加嗎？

抱歉。老先生又打斷我。

他滿臉歉意，看著我說，真不好意思，噢，我剛才想到，今晚我請了些朋友到家裡吃飯，我得回去下廚燒菜了，真是抱歉。

沒關係，我禮貌地回覆他，但我沒說，小孫女生日是怎麼回事呢？

L還在找攝影集。

「剛遇到件怪事。」我講給他聽。

他邊翻書邊聽我講，連頭也沒抬。

聽完他說，「下次有人要請你喝咖啡，你要答應他，然後說，你還有位朋友也很樂意一起去。」

如果二十八號在左邊……

我坐過頭了。

這種事常見，搭錯車、下錯站、坐錯方向、走錯路。如果你是經驗豐富的旅行者，遇上這種狀況的次數難以計算。每次遇到，你仍會像新手那般慌張，但你們之間的差別在於，你知道該怎麼應付錯誤和應付自己。

公車司機讓我在隔站下車，又繼續往山上開。我拉著行李順沿著陡坡向下走，經過轉角販賣草莓的小店舖。路旁山坡地正在開發，怪手推平林地，露出濕潤的土石。

我清楚知道只要往回走，就能抵達英加的公寓。這一路上沒有人，偶有幾輛車來往。還好，雖然是傍晚，天仍大亮。在奧斯陸，夏天日落的時間將近要到半夜十一點。我喜歡白日如此之長，長得像挪威森林裡高不見頂的樹，予人多賺到一些人生時光的錯覺。

繞過一大段彎路，直到和另一條斜坡交會的叉路，我才瞧見有個年輕女孩從小徑那頭走下。她身穿牛仔褲，球鞋，掛副耳機，就像年輕人該有的那樣打扮。我趕上她問路。依照英加給我的地址，住處就在附近了。女孩彬彬有禮，害羞，她摘下耳機，一頭褐色長髮，身長跟我差不多。她看了看地址，絲毫沒有頭緒。我知道我們就在附近，只是我沒辦法確定該往左或往右轉，兩邊同樣都是集合式住宅大樓。女孩拿出手機打開導航，輸入地址，地圖上跳出一個亮點，幾乎就是我們倆所在的位置。

「我們離你要去的地方不到兩百公尺，」她說，「就在這。」

「在哪呢？」我說，「左邊還是右邊？」

「我不知道，」她聳聳肩，似乎別無他法。

「謝謝，」我說，指指右邊，「我往那試試好了。」

女孩佇立在原地，猶豫不決，她再次聳肩，沒有表示贊成或反對。她沒有任何打算，也沒有進一步的對策。

在馬賽街頭我有過相當不同的找路經驗。我們拿著地址和地圖，找上路旁一位老婆婆，當時她正盯著珠寶店櫥窗，看得出神。

「請問，」我說，「您知道要往這個地址，該怎麼走嗎？」

我把地址遞給她，老太太愣了一下，然後她回過神來，似乎明白我們的意思。老太太接過地址，仔細地閱讀，逐字唸出紙條上每個字，沈浸其中，好像這張紙片上抄寫的是首值得玩味的短詩。

此時一位中年人頂個啤酒肚經過。

我攔住他，他從老太太手中拿走紙條。

「哎，我不知道——」他瞄了一眼後立刻說，一轉身，他竟然迅速地拉住另一位婦人。

「妳知道這在哪里？」他問話，連聲招呼也不打，好像他們倆原本就熟識。婦人並不意外，她停下腳步，針對問題提出她的個人看法。於是兩人熱烈地討論起來。他們對於該往左或往右意見並不相同。我和旅伴插不上嘴，只好在一旁耐心苦等。先前那位老太太也沒閒著，她仍站在那反覆唸誦地址，沈澱思索。

我知曉文字奧妙，但從未領悟路名跟門牌號碼也能具有啟發性，或值得打一場辯論。

經過幾番來回爭辯，中年人和婦人仍然無法達成結論，我們還來不及說任何話，他們再次逮住一名路人。

現在，非常明顯地，這群人已經認為找路關乎他們的事了。為了找到正確的路，智囊團在人行道上圍成一小圈熱烈討論。最後加入的是位嬸媽，她剛離開市場，手中塑膠袋裡裝了蕃茄和萵苣，正急著回家做飯。嬸媽有答案，她知道在哪。她仔細地跟在場每個人說明，除了我們以外，所有人恍然大悟。

這群熱心的馬賽人七嘴八舌向我們解釋，我們努力聽著，嘗試記住方向。我們實在感謝每個人，包括對地址仍充滿靈思的老太太，然後我們拉起行李，依照嬸媽指示的方向走。

然而才過馬路轉個彎，我們又感到困惑。

當我們打算再停下來問路時，嬸媽突然從我們身後冒出身來。她面色凝重，大概想著成堆的家事，又放不下兩個傻愣愣的外地人。

「我帶你們去吧。」她說。

我們還來不及道謝，她快步走在前面，我們拖著行李，幾乎要小跑起來。我們跟著她左彎右拐，她手提袋裡蔬果也蹦蹦跳跳。抵達目的地後她只丟下一句「就這兒！」一溜煙又消失在大街上。

女孩站在路口，拿著手機導航，沒有進一步的想法或建議。她簡直就像奧斯陸的縮影，沒什麼要緊事，沒什麼多餘念頭，沒有任何事需要絞盡腦汁。

一位高瘦的老先生走過我們面前。

我趕忙上前，女孩也跟上來。

我把地址遞給他。

這位老先生紅噗噗一張臉，笑起來天真無邪。

他看著地址，想了一下，然後開口。

「是，我知道，」他說，「在左邊，是左邊這區。」

「太好啦，」我很高興，拎起背包準備要走，「謝謝你啊。」

可是他沒回應我，自言自語起來。

「對，沒錯，就在左邊，」他盤算著，「如果三十號在上面，二十八後是中間這棟，二十六號就會是後面那棟，所以是二十四號是前面這棟……」然後，同樣的話他又重複了一次。直到他滿意自己的答案，露出得意的微笑為止。

「這裡的人不大一樣。」我跟英加說。

依照老先生指示，我還真找到了英加家。

一進門，英加泡了杯熱茶給我。我們坐在餐桌前閒聊。從窗戶向外望，可看見大樓中庭有對老夫妻極為緩慢地走著，而整片地景上就這兩人，沒有第三人。遠處湖泊寧靜，湖上閃耀金光，海鳥飛旋，發出嘎——嘎——嘎——的叫聲。這兒連鳥也只有一種叫聲。

英加，我的房東，她在奧斯陸已經住上十多年了。我把我碰上的狀況描述給她聽。

「哦，這一點也不奇怪，」她說，「挪威人就是這樣。這裡地大人少，所以人和人相遇的機會不多，他們反應會比較慢，這很正常。」

然後她提醒我。

「如果你在路上看到有人在路中間停下來，站在那發呆，不用覺得奇怪，」英加說，「他正在思索下一步該往哪走。」

英加說的可不是什麼比喻，她是真的在說，挪威人確實是在認真思考，下個路口該怎麼轉。

我開始羨慕這個人類發展指數世界第一的國家，他們的國民大概沒太多煩惱。

後來我翻到一本插畫書，調侃挪威人。

書中畫了四張面無表情的臉，僅有最後一張嘴角微微上揚。前三張沒表情的臉分別標示：快樂、生氣、興奮。

最後嘴角上揚，看起來有著淡淡的愉快的那張臉，文字說明則略為不同，寫著：喝醉啦。

原諒

船駛進碼頭，那時已晚了。天陰，飄著細雨，你得一手拉著行李，一手拿著地圖，斜夾著傘，然而雨還是滴滴嗒嗒在地圖上。

民宿給的地圖，畫得簡單，不過標示出方位和幾座教堂。你想你找得到。

住一間民宿，真正的民宿而非某戶人家分出來的房間，在這趟旅程中只有這晚。訂房流程也簡單，出發前一個月，你發了信說預備入住的日期和人數，他們回說好，你來，有房間給你。需要先付訂金嗎？你問。不用，他們說，我們信任你，取消的話跟我們說一聲就行了。

卑爾根的港邊有些攤販，攤販一字排開，攤店上擺列著新鮮魚貨。大魚大蟹，魚子醬，饕客們挑好食材，廚子就在現場料理。各個攤商有自己的棚架，下方排放好餐桌椅。你拖著行李經過，在攤前吆喝的多半是中國人。用餐客人也不多，幾桌坐那，也多半是中國人。攤前價目表上的定價驚人。

你轉向攤商對面一條斜坡道。依照雅妮克給的地圖，今晚你的房間在山腰上。早上你從奧斯陸搭國鐵，換森林小火車，再轉乘郵輪沿河而下，直達海口。這段由東向西行，直抵卑爾根的峽灣之旅需費時整整一天，但僅是挪威幾條著名峽灣路線之一。如果時間允許，你還可以再往北走，據說那一路風景更壯麗，更讓人難忘。

你在奧斯陸車站買了杯熱咖啡，麵包。

出發的感覺總是讓人雀躍。把行李放到架上，讓自己舒服地坐上位子，心情輕鬆而愉快。坐這節車廂的全是旅客。大夥三三兩兩上車，他們都從外地來，心情都好。你想著一路上可以看到的風景，你手上有本好書，有杯熱咖啡，你什麼都不缺。

火車開動前，有個嬌小的日本男人坐到你旁邊。他有頭短捲髮，絡腮鬍，膚色黝黑，穿件亮色格子襯衫，手上拿了本知名的旅遊指南。我們寒暄幾句。到了某座小鎮，他突然跳起來說要下車了。他把書往背包後頭一塞，急忙跟你道別，趕到車門邊。

目送他下車，你心裡真是羨慕，指南上應該推薦了不得了的秘境吧。你手上什麼資料也沒有，他看起來該是比你內行許多。

沒料到，隔天在卑爾根街頭，你竟然又遇上他。這位日本背包客看起來神色恍惚，急急忙忙，你上前跟他打招呼。

「冷死了！」他卻說，「我要走了，我身上只有這件。」

他拉拉自己身上的薄襯衫。

七月的卑爾根的確濕冷。這座城市整年都在下雨，沒下雨的日子就下雪，沒下雪，那就颳大風。

「天氣真壞，」雅妮克說。

她穿著細肩帶洋裝，踮著腳從隔壁跑來幫你開門。

「妳不冷嗎？」你問她。你穿著毛衣和防風外套。

「屋子裡有開暖氣呢，」

雅妮克問你隔天打算幾點用早餐，然後她在牆上的時間表寫下你的名字。她跟你解釋屋子裡的規則，可是你沒辦法專心聽，你的心神全跑到牆上那些畫上。走廊上掛了幾幅畫，它們應當不是出於名家之手，但那些畫好極了，新鮮極了。幾幅畫的主題是卑爾根，幾幅是雅妮克這間老房子。你探頭望向起居室，起居室鋪著地毯，牆上也掛了幾幅畫，靠窗的書櫃上堆了些小石頭，茶几上散置著卑爾根老相片集。

雅妮克給你的房間在二樓走道底，公用浴室旁。房間細狹，一張書桌，桌上一臺收音機，單人床，衣櫃，和一扇窗。

你打開暖氣，坐在鋪了碎花床單的床緣，聆聽窗外鄰人對話。那聽起來像是對祖孫。

你聽著，你感到平靜而安全。

你明白這個小房間夠大了，在一段漫長的旅程後，它足夠包容你的一切。

隔天你從床上彈起，差點錯過約定好的早餐時間。

你隨便抓件衣服換上，衝下樓，其他房客已經就坐。早餐在客廳旁的小房間。雅妮克替房客安排好座位。你的位子面對窗外花園。

你沒醒，你人坐在那，可是你還沒醒。雅妮克的姪女來幫她，上前替你倒咖啡，送上早餐盤。你看著滿滿一盤切片好的起司、麵包和火腿片，什麼也吃不下。

你發現桌旁有幅小速寫，你喜歡它，但說不上為什麼，索性拿起紙筆也照著畫。畫者選擇從對街來看民宿，兩人走在路上，民宿位於畫面中央，黑色的線條交錯出建築的實體感。

雅妮克在你身後，客氣地詢問其他房客們需不需要再加點茶或咖啡。

然後，她走到你身旁，只問了句，「你呢？」

你沒抬頭，但你知道她在笑，好像你們認識很久了。

那時你正專心跟著前人的線條，一筆一劃，走進他的觀點裡。漸漸地，你豁然開朗，明白了為什麼人們要用各種方式畫下雅妮克的老房子，畫卑爾根。

因為他們喜愛這裡。他們想留住這份美好，他們不願忘記。

其實從走進這間老屋子的那一刻你就知道，你也喜愛這裡，雅妮克也知道。她在你離開時緊緊擁抱你，在你還有些膽怯時，她已張開雙臂。你只不過在這住上一晚。

早餐後你穿起膠底鞋，披上風衣，在城裡遊走。雨時下時停。

卑爾根依山傍海，城裡路高高低低。在前往教堂的路上，你被一面擺放舊書的櫥窗吸引，決定進去瞧瞧。書店裡鋪著紅地毯，抬頭是花式吊燈，老闆也沒特別搭理人，他的朋友，身旁放著安全帽，坐在那和他談天。書店後方一扇敞開的門，裡頭像是間會議間，幾個人圍著長桌在爭論。他們也不遮掩。

在哪你也到過像這樣的老書店？老闆總有來串門子的友人，老客人，他們總在談天，在發現。魯莽闖進的客人在一旁好奇打量，欣賞那些美麗的舊書。

「你從哪來？」老闆問。

你告訴他你從哪來。

「喔——」他知道，「美國的小老弟。」

他知道得一清二楚。

老闆年紀大約與你相仿，微胖，戴副眼鏡，坐在古董書桌後頭。他講話直接而明快。

「你看，」他指著對街的大房子，「那些是德國人來時蓋的，我不喜歡。四四方方，沒有裝飾。」

當然。你懂，你也同意，你比比頭上美麗的花式吊燈。

「現在他們在市郊也蓋這樣的房子。」他繼續說，「那些建商，一批又一批蓋，現在市區沒人住，地價太貴，一般人住不起，只剩下店家和旅館，大家只好往市郊搬，但郊區那些房子蓋得真粗糙，他們用容易壞的建材，只想趕快蓋好，趕快賣掉。」

你懂。真的。你全明白。

「城裡全是大型連鎖店，沒有可以讓人坐下來，聊聊天的地方。」

老闆面無表情，講得義憤填膺。你們閒談，談石油與富裕，談主義、談社會發展——但，你心裡覺得這頓閒談又更像是，這位知識份子老早準備好的見地，只等人上門議論。誰上門都好，若不是你，那就是下一位被櫥窗裡的舊書所引來的旅客吧。

你踏出書店外，天更陰了。

原本預定參觀的教堂就在前方，然而你只在卑爾根停留一天，離搭車的時間所剩無多，你只好加快腳步往回走。

依恃著知道方向，你沒有刻意挑選來時路，而是隨意彎進街巷中。你走過大賣場前，一轉彎，一位乞兒長跪在那。這人不同於其他乞者耍些花俏的招數，你甚至沒法辨識他的性別。他高跪在石地上，眼神低垂，罩著暗色長衣，莊嚴寧靜，彷彿默默承擔這個世界的苦難，但他已原諒了我們。這匆匆一瞥的形象，從此竟深印你心。

East
Ionian
Boeotian

午寐聖地

雅典街頭人人閒適慵懶，漫不經心。此時我們走在舊城區，計劃登衛城，街旁販售紀念品的店家正抓緊暑期商機。

仲夏，打世界各地來的遊客進佔愛琴海諸島，船資與旅社房價如同溫度計上飆升的數字。我們的預算實在有限，最後打消去任何島嶼的念頭，決定僅在雅典待上一週。可旅遊指南常見的建議：雅典停留三天即可。確實，除去衛城和奧林帕斯山腳邊的衛城博物館，還有哪兒好去？

我們自住處搭公車出門，再轉地鐵。公車後方雙排相對座椅，從前被戲稱的相親座，一少婦牽著孩子上車，小女孩一屁股坐我正對面，碎花露背洋裝，柔順的金髮齊肩，大眼睛骨碌碌地浮突於眼眶，黑瞳與眼白清晰分明，像仇家世世代代的敵意，毫無模糊地帶。她用力嚼著嘴裡的硬糖果，發出喀啦喀啦的響聲，佯裝低頭，實則偷偷打量我，而我也假藉欣賞窗外風景，斜著眼神偷窺她——怎麼回事，我倆竟然還真像經人介紹的對象！

地鐵站位於希臘國立圖書館下方，這兒是古蹟遺址，或者該說，整座雅典城便是座遺城。走進票口，你會見到特意保留並展示的舊城廓地基，還能見以玻璃牆圍隔，地道內成堆棄置的陶瓶。

我獃看著眼前積如小山、殘缺破裂的陶瓶，也該算古物了，可真奇怪，它們竟無珍寶感，反像我家附近里民胡亂棄置在街口的垃圾堆？差別只在，現代垃圾場內充斥的是鐵鋁罐跟寶特瓶。（尤其不准丟垃圾處往往落成小丘，一旁電桿上懸掛土地公照片，配嚇阻標語「人在做天在看」）然再一想，千百年後，說不準也有閒人散客如我，立於我們避而不及的臭垃圾前品賞，論析，發發懷古幽情。

這一推敲，我倒尊敬手中的汽水罐了。

滄海化桑田，可說到人，或許是差不了太多的。

雅典街頭常見販售乾貨的攤販。此地久來為鄂圖曼土耳其帝國版圖，近代希臘深受小亞細亞文明影響，若你造訪雅典，恐怕你會感受到更多的中亞，中亞文化在此仍鮮活，正如小販攤車上繽紛、滋味飽滿的果乾堅食。而哲人思潮，古典悲劇，眼所能見唯只傾頹的臺柱，以及紀念品店旋轉架上的明信片。

二〇一六年我們造訪時，希臘才從歐債的泥沼中脫身，首都雅典，生活享受如常，我們聽說想要目睹貧窮，得再往北邊靠近邊界那兒去。

雅典人的臉貌，銳而立體，鼻樑像道夯實的牆，將臉清晰劃分成左右。兩眼距離過分貼近，人人都有不成比例誇大的雙眼，眼焦集中，再加以從入胎就描繪成的深邃黑眼線，所以，滿街皆是黃金比例的俊男美人囉？錯了，你更感到自己像走進兇惡的猛禽園區，怎麼人人皆顯露餓鷹準備撲擊獵物的神情？

但，這更是大錯特錯的感官印象。

事實上雅典人多良善熱情。

由旅程中我們遇上的三位雅典人，或可概括描繪出雅典市民的性格輪廓：雜貨店老闆、街頭雜誌販賣者、舊城區觀光街的油畫家——也可能是命相師或江湖郎中——至今我仍不知她的真實身份。

先說說雜貨店老闆。

我們租住的社區巷弄裡有間希臘柑仔店，店內漆成冷白色，沿著牆壁的貨架上堆放家常調味料、罐頭、日用品。夏日炎炎，店內沒安裝空調，卻清清涼涼，風從大方敞開的窗口和大門吹來。

老闆中年，人高馬大，可能獨身（幾次去店裡都只他一人），養了幾隻貓。他問我們打哪來？問時興致勃勃。最後一天我們離開雅典前又去他店裡，他得知我們要走了，結帳時這番紅花精不算錢，那杏仁香料酒也不算，甚至還隨手從貨架上抓了瓶浸漬黑橄欖的盒裝橄欖油，硬塞進我們的購物袋裡。

「不行啊！」我們喊，「這多少？」

「哎呀不知道——」老闆答。

老闆把貓一隻隻抓來，我們和他的貓拍照，其中一隻白貓，我把牠抱到腿上，可憐的小東西緊張起來，爪尖刺透我的牛仔褲，尖硬的指甲倒鉤我的大腿。後來回看照片，見老闆站在店門旁，悠哉無事，好像他才是路過此地的旅人。

再講街頭雜誌販賣者。

販賣者看起來年約六十多，著螢光橘背心，手捧雜誌，身上斜背黑色背包，猜想裡頭裝的應該也是雜誌。他的上班地點正是廢棄陶罐場的地鐵出口，我們從站內走出，老遠便瞧見他，我們常在此轉車，但訪衛城的這天卻是第一次照面。

不知是希臘好天氣還是隨遇而安的心情？從賣雜誌的他臉上，我找不著絲毫悽苦。儘管他滿臉鬍渣雪白，卻精神抖擻，心情坦適。我們跟他買雜誌，他從口袋裡拿出舊型的餅乾相機，邀我們拍照。他說他喜歡他的工作，今天會在這站上一整天。我們也高興，眼見人迎向命運奮鬥，總是鼓舞的。

最後，謎樣的女店主，騙子或相術家不明。

此人複雜，講起她，得先說說舊城觀光街。

Plaka 舊城區是觀光客前往衛城的順道處，遊人絡繹，兩旁除服飾店，販售迷你雕像、希臘戲劇面具的紀念品店，還有某類型少見的商店——專售海綿。

各樣級別的天然海綿，裝在長筒透明塑膠袋內，懸吊於店門口，價錢高得驚人。可希臘人不如法國人善包裝，又不比美國人懂行銷，於是在量產的工業時代他們恐怕吃悶虧。誰會掏出這麼多錢買海綿呢，儘管它們是天然的？

向我推銷的年輕售貨員心中大約也有此疑情，她沒法說服自己，向顧客解釋時有氣無力，她可能來打暑期工，也可能這是她家祖傳店面，店內陳舊昏暗，她像講給自己聽般解說，可能被冷淡的次數多了，以至於她銷售的方式簡直就像期待你打斷她，然後拒絕她。

我心裡有些洩氣，可惜這樣傳統具特色的店家淪落至此。雅典朋友們，提起鬥志哪！然而當我們走進同條街上，謎樣女店主的小店內時，她所展現的勃發生氣和商人那番機巧，又讓我重新評估希臘。

女店主是位中年婦人，一襲黑罩袍，見我們閒晃到她的店門口，便招呼我們，順勢介紹畫架上她的風景油畫作品，店內牆面貼滿關於她的新聞報導。女店主察言觀色，看我們對畫作興趣缺缺，立即老練地從哪兒端出一籃陶瓷石榴掛飾。

「這能趨吉避凶，防小人。」她說。

這下說中了。

我年輕的同伴略為迷信，聽見此言，眼射光芒。

前一刻還以專業油畫家自稱的女店主，突然變身成能預知的卡珊卓（Cassandra），開始娓娓道述這籃瓷石榴具備的神奇魔力。

「你覺得這可以放客廳嗎？」

旅伴聽完頗為心動，轉頭用中文問我。

我還來不及答話，婦人竟然搶著接腔。

「當然行！」她用英文回答，「放客廳最適合不過。」

這下我們可吃驚了！旅伴二話不說掏錢，不但選買石榴，還加價購大蒜風鈴。遵循卡珊卓的神諭，大蒜可保出入平安，運勢高升。我們倆暈暈陶陶，當下一刻真確信交到好運。

可當我們步出店外繼續向前走時，心情卻愈來愈沈重。好幾間店鋪販售類似的吊飾。同伴的信念開始動搖，她拿出自己的石榴和大蒜左看右看。

「我的，和其他那些不一樣吧？」她問我。

說實話，她手中的兩件飾品製作得頗為精美，晶晶亮亮。

「目前我沒看到一樣的，」我安慰她，「其他的都不發亮，肯定沒效。」

等我們尋訪完街底的遺址，此時已完全清醒了，適才在婦人話術催眠下產生對她的崇拜，彼此過分親暱的言談，現真令我們難為情。

回程途中，我們瞧見她坐在店外和一位少婦對坐談天，少婦戰戰兢兢聆聽，女店主表情肅穆，滔滔不絕，看起來還真像在揭示對方的命運。我和同伴走在街的另一邊，悄快通過，決定還是遠離當代卡珊卓為妙。

衛城，居高臨下的天空之城，諸神居所。

我們從山腳往上走，經過酒神劇場，於石階稍坐，訝異於古代觀眾席寬大的階距尺度。烈日當頭續行，山腰一老樹，遊人三五，借樹蔭飲水歇腳，卸除塵念，遠眺民主城邦。

上山頂，遊客們肩並肩，小心翼翼走在滑亮的石地上，深怕不小心跌跤。山頂平原風強，吹得旗杆上藍白相間的希臘國旗顫慄抖搖，發出如兩軍對峙時，敲擊戰鼓般的巨響。

衛城廟堂多斷垣殘壁，尤以帕德嫩神殿（Parthenon）破敗為最。神廟內部一空，雅典娜金身巨像早不知拆解流落何方，廟頂戰時遭火藥炸毀，唯餘廊柱擎天。抬頭看，雅典天空湛藍清澈，彷彿吾人發自內心的善念。帕德嫩神廟內外的裝飾雕像，目前多存放於山下的衛城博物館內。帕德嫩一詞，在我查了字典後，得知為處女之意，實在驚訝。

意思是，這座殿堂祭祀的雅典守護神，大咧咧昭告天下，是位獨身，無性生活的雄壯女子？——畢竟她能和海神波賽東（Poseidon）作戰，肯定非弱不禁風。人們祭拜雅典娜是因著她的處女身份，還是她具備的美德，比方說，智慧與勇氣？

難道是克制慾望提升了雅典娜的神性，讓她處事公正？就說無欲則剛好了，可我實在忍不住想，假使現今有這樣一號人物存在，世人會怎麼評價她呢？威武的處女神，到底是超凡女神祇還是個怪胎啊？

結果只怪雅典古城的思辨氛圍，哎，害我自己跟自己大半天在腦袋裡打辯論，搞得七暈八素，最後以在山腳咖啡店乾了兩杯，得邊喝邊抹去口中咖啡渣的希臘咖啡，收場衛城行。

夏季的雅典又是午寐聖地。

你在此地留上一週，行程鬆散，沒事安排。你躺在住處公寓床上，落地窗半掩，天氣乾熱溫暖，愛琴海涼風習習，不知哪兒竄進，輕輕掀起白紗窗簾，又從陽臺溜走。

迷濛間你墜跌最深的夢淵，忽然，你以為早已過忘的事，所有被掩蓋的情緒，像被寬容地喚醒，全數浮現。原來過去並未過去，你只是愈來愈精於埋藏，當你全然鬆懈時，便一一登場了。

你睜開眼，怔了會，回想方才夢，就像站在玻璃帷幕前眼看自心內繁複雜亂的地道，積聚的往昔，而微風仍輕撫紗簾，窗外明亮悠悠。

訪完衛城那天，我們搭地鐵離開，可一上了車，才發現我們坐錯方向，趕忙在列車停站時下車。

雅典的地鐵僅紅、綠兩線。我的旅伴一直不明白，我們怎麼會犯這樣不合理的錯，這路線我們搭乘過無數次。為了再次確認方向，我們走到月臺上的地鐵路線圖前。此時來了位高挑纖瘦的女子，她的穿著打扮像走在巴黎瑪黑區般個性時髦，一頭爆炸捲髮，黑不溜丟的美麗膚色。

這女孩，我們在遊逛衛城便遇見了，像她這樣的一位單身遊客，實在吸引目光。我和旅伴私下聊過她，幻想編造她的來歷，沒想到此時就站在我們面前，甚至還向我們問路。

「我迷路了，」她說，「我想我搭錯了車，──你們說英文嗎？」

我的旅伴問明她要去哪，然後耐心地向她解釋該怎麼走。

她聽完欣喜，向我們道謝，還指著地圖開了個雙關的玩笑。

「這些啊，全是希臘天書──」她說。「These are all Greek to me!」

「對我們來說也是啊，」旅伴苦笑說。

直到我們該搭乘的列車進站，「我還是不明白，我們怎麼會坐錯車，」上車後同伴跟我說。

我也不明白哩。

「或許原因與結果不如我們認為的線性吧，」我說，「以為在前往的路上，結果卻莫名其妙，抵達了另一個方向。旅行，可能是去尋找目的地？」列車行駛鐵軌發出轟隆隆的聲響，蓋過我的聲音。後面這句話更像自我詰問。

你想到在雅典獲得釋放的夢。

拉德方斯通心術

八月第三週，我們從瑪黑（Le Marais）搬到巴黎東邊一棟大樓。移民區，新巴黎。

我們找到一間小房間，小極了，小到你走出浴室時，你的同伴必須同時退出廚房，因為這兩個空間共用同一扇門。大大小小的鍋具掛在電箱門上，烤箱放在鞋架第三層。

不過小歸小，房間裡什麼都有。

早晨，我們用房東的義式咖啡壺，在電爐上替自己煮咖啡。超市買的咖啡粉，一大罐只要五歐元。街角麵包店一早出爐熱麵包，我的同伴會下去買條棍子麵包，我煮咖啡，然後我們會拿幾張圓凳拼起來，把早餐擺在上面，這時它看起來便像樣了點。

我一直想早起，可是每天陽光都比我先進來。日光穿過鐵門氣孔照進來，形成無數橢圓的光斑，光斑印在白紗窗簾上，窗簾的皺褶重複了光斑再重複，真迷人。

躺在床上，看著這些光影，你會以為自己置身於白晝的宇宙中。你會感到疑惑，為什麼在這個時間，在巴黎，你會在這呢？

我老想著要拿相機拍下這些光影，然而終究沒這樣做。當時我責怪自己太懶散，現在想來，害怕的成分要更大一些，怕它們一旦收進相片檔案裡，就流於平凡了。

我們的房東是個小女生，她把房間出租兩週，和男友去法國北邊度假。她的雙人沙發床旁有張長書桌，書桌前的牆上貼滿明信片、票券、還有金髮男友的照片。男友看起來和她同樣年紀小，嘴角上一顆痣。照片裡他噘著嘴，一張看著拍照的人，一張的視線在照片外，這樣讓他看起來像個壞小子。女孩愛的壞小子。

房東將房間交給我們時，確保我們就寢前一定得先把陽臺鐵門搖下。她說她之前住巴黎北邊，在那被闖空門，於是搬來這，這裡好一些。鐵門旁有隻長竿，分成三節。你握住最下方的握把，往前或往後旋轉，齒輪會帶動鐵門往上或往下。可是，大多時候是，握把會卡住，門搖到一半就不動了，你得很努力地把門往上搖，然後再往下降到比剛才多一吋的位置，再重新往上，再往下，如此反覆幾次，每晚等你的手臂夠酸，你也差不多夠安全。

每天早上，早餐後，我們出門，經過大樓管理員辦公室。管理員年紀跟我們差不多，或稍長些，一頭整齊的棕色短髮。

我們遇見他的機會不多，往往出門時他還沒上班，回來時他又下班了。這位管理員是我見過少數心情愉悅，或是少數願意表現自己心情愉悅的巴黎人。這年我造訪巴黎時，那兒的人老拉長了臉，好像笑一下會讓自己被送上斷頭臺似的。

或許管理員的好心情來自他的辦公室。那真是我見過最吸引人的辦公室。在大廳一樓，面對前庭花園是大面落地門，面向大廳則是大長方形玻璃窗。每天出門，我和我的同伴都要把臉貼在窗上瞧一瞧。逗弄窗前幾乎有半人高的大鳥籠裡，跳上跳下的兩隻鸚鵡，他們一黃一藍，大聲歌唱。

辦公室深暗色的原木地板和牆面，桌上、牆上都擺放植栽，其中幾盆我認得是熱帶的蕨類。木牆上一幅毛線織錦畫，書桌斜前方放了張皮椅，皮椅旁立一盞燈，立燈旁書櫃上擺了魚缸。

這哪裡是大樓管理員辦公室？更接近雨林探險家的研究室吧。

我看了掛在辦公室外的上班時間：早上十點到中午十二點、下午兩點到五點。世界上竟然有這樣好的工作！我真要羨慕他了。

我們在瑪黑區的巷弄裡也窺看過畫家工作室，工作室在一間臨馬路的帽店旁。這間帽店不尋常地開了整個八月，偶爾我們會看到有客人在店裡閒逛，不過大多時候，中年女老闆只是坐在成堆帽子後方，盯著電腦螢幕。帽店旁的畫室則屬於一位老畫家。我從未見過這位老畫家的面貌，只瞧見她一頭白髮，和略弓著的背影。沿著畫室水泥牆邊、窗臺上，你可以看到整桶、整桶的顏料。整間畫室永遠只有背對群眾的她、一座大畫架、畫架上一幅永遠未完成的抽象畫。

一天，週末，同伴要到聖傑曼大道（Boulevard Saint-Germain）附近的馬格蘭藝廊（Magnum Photos）找攝影集。當天店內只有位女職員，她穿著剪裁合身的套裝，遞上名片。

可是她解釋那並非她的名片，她負責的是銷售照片或照片版權，與攝影集無關。這位女士講起英文來有標準的法式口音，表情冷漠。不過後來我們明白，那只是因為她對銷售攝影集並不熟悉，抗拒這個臨時派來的差事而已。同伴挑了幾本集子，問她價錢，她顯得苦惱。其中一兩本是非賣品，一本她終於在電腦裡找到價錢，一本定價就標在書末。

這樣一件小事竟讓她十分高興。

「感謝老天，」她說，「這兒就有價錢。」

有著磨石子地板的藝廊是間老房子，他們把牆面和天花板全漆成白色，木頭窗框也是。窗戶正對中庭，藤蔓垂吊而下，窗下一組好看的玻璃圓桌和靠背圓椅，裝飾藝術風格的捲曲桌腳和椅腳。

等待時，我瀏覽掛在牆上的攝影作品。這些黑白照片，似乎攝製於一場衝突，相片裡的人們面孔扭曲，扭擠推打，有人躺在擔架上被抬了出來。現在，激情的時刻被保留於金屬框和壓克力板內，神秘而靜謐。

一天，我們坐十四號線到拉德方斯（La Défense），十四號線又新又快。

「這條線是政府的陰謀，」巴黎友人說，「停的站全是景點，是巴黎漂亮的那一面。」

我們去的那天天氣好，拉德方斯像座巨大的片場。好天氣讓它看起來更不真實。他們用顏色分區，不同顏色的區域裡建了不同大樓，四處有告示牌說明大樓裡進駐的企業，多是些跨國公司。

走在路上，你看不到一臺車，你聽得見車流聲，但目光所及，沒有一輛車。車子全被規劃到外環或地下道去了。我們從新凱旋門出來，逛了購物中心，蹓躂到旋轉木馬前，坐著吃零食。

等同伴拍完照，我們再繼續往前走。我們經過辦公大樓區前，看到大約十多人在抽菸。

一位短髮少婦爬上花臺，坐著點菸，身前掛了名牌，沒多久，一位年輕男孩坐到她身邊，身上也掛了同樣的名牌。

這兩人高談闊論，看著他們，我想我知道他們在聊什麼。他們在講壞話。縮水的加班車資、不公平的工作分配、業務經理的趾高氣昂……業務部成員則在較遠處公園那頭，穿著筆挺的西裝，熨燙得毫無一絲皺紋的襯衫，同樣在高談闊論。

我想我也知道他們在談論什麼。上班族們把握短暫的抽菸時光，彷彿呼吸到新鮮空氣般讓他們神采奕奕。待會進了辦公室他們又要憔悴萎靡，直到下班，直到週末。

我的巴黎友人有位好友在法國知名銀行工作。某天我問他：

「你的好朋友，在銀行工作那位，」我說，「他是不是在拉德方斯上班？」

「你怎麼知道？」他頗為吃驚。

我聳聳肩，我就是知道。

我沒說，我還知道他週末晚上混夜店，隔天睡到自然醒，胡亂塞些東西到肚子裡後上網，下午和朋友出門晃蕩，星期一早上心情差，年假安排去峇里島。

其實這個世界比你我想像的簡單，它是階級構成的。

輯二 Des Bonbons

小線索之王

新室友將住進來的前一晚，稍早我還在廚房唏哩呼嚕吃熱麵，氤氳的湯水氣，蒸得嘴面發暖，可下一刻我已手抄尼龍刷埋頭苦幹，刮洗浴廁——這全是巴隆太太崩潰的緣故。

這年夏天我註冊波爾多語言學校，經學校安排，寄宿屋主巴隆太太家。巴隆太太駕駛手排檔銀白雪鐵龍到中央車站接我，打扮是個標準的夏日風情，碎花洋裝，羅馬繫帶涼鞋。可惜氣候變遷作梗，熱浪壞了她的費心。我們在車站大廳相見時，巴隆太太面漾油光，金灰色細髮像甩不掉的，引人整晚失眠的煩惱心思，緊緊黏附著她凹削的雙頰。

心得：優雅驕貴的法國女人，天一熱，同樣狼狽。

領我參觀房間，妥當安置行李後，巴隆太太邀我出門，駕車載我熟悉環境。住處門前的戰神路（Avenue d'Arés）是條禁止超車的單行車道，巴隆太太指出，公車站牌位於門口右轉步行五分鐘處，搭乘西向公車即可到學校，然後我們開進市區，沿龔貝塔廣場（Place Gambetta）繞了一圈。

我略感訝異。就這樣？

「這裡是波爾多最熱鬧的地方？」我問她。

她說是。

「這條馬路，是波爾多最大的路？」

她也說是。

接著她反問我，我住的城市也有像這樣的大馬路嗎？

「當然，」我說。而且比眼前這條豪氣多了。好險後面這句話我按耐住，未說出口。

可巴隆太太還是察覺到了，清楚分明。巴隆太太不再出聲。

見面第一天第一小時，哎，我倆如此話不投機。

一會兒，巴隆太太似乎想通了，該是文化及語言表達方式的差異，造成我們誤解彼此吧。眼前的亞洲小姐應該沒有輕蔑之意，全是自己多想了。巴隆太太成功提振自我，重拾開放的心態。她再次開始向我解說搭車的方式，刻意放慢語速，選用簡單的詞彙，每件事覆述兩遍。

我探頭望向窗外，適逢週日，店家多關門歇息，路上僅一間花店開門，可在波爾多，美麗嬌豔的花朵實在罕見，溫熱的天氣造就此地綠意盎然，但不生花。

巴隆太太特意繞至鄰近的超市地點，指點我可去哪裡採買，車窗搖至一半，風在車內暢行，可絲毫無法吹散酷熱，我們倆全身冒汗。

最後巴隆太太載我返回住處，到家前，她再度叮囑明早我該怎麼搭乘公車，去的方向，回程的方向，說完又問了聲，能理解嗎？

「很簡單哪！」我說。到底有什麼難的嘛？號稱法國第四大城的波爾多原來就如指尖大小，搭車不過右手邊路去，左手邊路回來。

「好吧好吧，如果你都清楚。」巴隆太太惱怒地說。

真糟糕，見面第一天的第二個小時，我們還是不對盤。

巴隆太太將車子在住處對面的停車格內停妥，我迫不及待打開車門，想趕快結束這段無趣的認路教育，突然巴隆太太大喊——等等！

「下車一定要回頭看，這條路我不知道怎麼回事，車多又快！」，她叫道。

就在她說話的同時，果然，一臺轎車從我半開的門邊疾馳斜擦而過，風切的呼嘯聲像揮落的手臂，一巴掌打在我的自負上。

生活於同屋簷底下的成員，不計我們外籍學生，我原以為只有巴隆太太和她女兒瑪兒。

以兩幢透天厝雙拼的寄宿家庭，學生與家庭成員分住各自樓房。學生擁有專屬浴室及廚房，花園和泳池雙邊共享。巴隆太太起初給我的房間位於二樓，除書桌，書櫃，衣櫃，雙人床等基本傢俱，額外附設個人盥洗臺。幾週後，安東小姐暗示我，廚房旁還有間木板隔間的單人房。某天，我開啟未上鎖的木門打探，小房間僅二樓房間對半，可我打定主意，跟巴隆太太說，要更換至一樓房間。

巴隆太太相當訝異，覆述我的每句話，她的驚訝可想而知——誰會做此選擇？捨棄鋪了地毯，備個人盥洗臺的大房，改選緊鄰廚房的木板隔間狹仄單人房？

一切起因全在熱浪。

波爾多屬溫帶海洋性氣候，大西洋暖流調節，原該冬暖夏涼，家家戶戶自人類居住以來，從未需求安裝冷氣空調，電扇也罕見。未料近年夏天，熱浪頻繁，之前二樓房間為隔絕外頭戰神路，日日車行如戰場呼嘯來去的噪音，裝設了氣密窗，可現在，任何人若緊閉窗戶，等同阻絕空氣和活命的機會，簡直是密室謀殺，並鋪妥毛茸茸的地毯，加速暈熱效果。

當我將第二個月的房租交至巴隆太太手上，她提筆開收據，此時，她才會心一笑說，自己也是喜歡閒靜之人。是吧，避開二樓直受日曬的悶熱和燥鬧，一樓小房間臨後院花園，陰涼爽颯，視覺清新，落地窗外可見芭蕉葉搖曳，綠竹叢風景。

我清空原本的房間，毫不留戀，唯二樓房間書櫃裡，幾本書倒是引起我的興趣。

昆丁現身著實嚇了我一大跳。昆丁是房東太太的小兒子，在我搬進一樓房間的某晚，半夜，我到廚房泡熱花草茶，離開廚房時恰巧跟昆丁撞個正著。彼時他正從地下室上來，打赤腳，身圍寶藍色浴衣，右胸前刺繡金色船錨。

昆丁面無表情，看見我，非笑也非不笑，落腮鬍遮掩大半張臉。未料半夜屋裡有陌生人，我吃了一驚，還是個大男人。

「晚上好，」昆丁禮貌地向我招呼。

然後他若無其事穿越玄關，隱沒於屬於家庭成員房的那頭黑暗處。

一日午後，我躡手躡腳走到客廳外，垂放的竹簾後方隱隱約約可瞧見瑪兒身影，她攤窩在沙發，我得找她，又怕打擾，猶豫是否該走進去。此時昆丁像歐洲王儲成員從二樓漫步而下，仍是光著雙腳，身披寶藍浴袍——寶藍是皇族的顏色，浴袍展現他養尊處優的地位象徵。

昆丁見我在張望，他即刻指示：照你所想的進去客廳找瑪兒。

當我以為昆丁和我們同住時，可接續的日子，他又消失了。直到兩個月後小鴿子帕洛瑪來訪，新室友搬入的同一天，昆丁才又現身。

小鴿子則是瑪兒同父異母的小妹，小學二年級生。那天我在一樓房裡聽見瑪兒、昆丁、小鴿子他們在庭院的泳池裡戲水，喧鬧，跳落水池的聲響有如國慶日施放煙火。一陣子，玩鬧倦了，小鴿子溜進屋內，濕漉漉的雙腳啪嗒啪嗒踩踏屋內地磚，水從她像金魚圓滾滾的肚皮滴到地板上，發出滴答聲，她打開放在玄關那臺走音的舊鋼琴，猛力敲擊琴鍵，瑪兒醒過來，從院子叫喚她，小鴿子匆匆忙忙，琴蓋砰一聲砸在琴上。

這時新室友聽見聲響，打開房門，和小鴿子閒聊，瑪兒從院子進屋來找小鴿子，我走出房門，我們彼此互相介紹寒暄。

新室友問小鴿子年紀？問我從哪裡來？瑪兒看起來很得意，因為我跟小鴿子講話得體，還有下午一家人和樂的氣氛，波爾多市郊如此平靜美好。後來巴隆太太也來了，她加入我們一起。

不過新室友永遠不會知道，一切在二十四小時前，這兒其實像逃難後的混亂廢墟。眼下乾淨整齊的房間、廚房和衛浴，全是前晚我和瑪兒趕工的傑作。

前一晚我煮好湯麵，準備在廚房好好享用，可就在我唏哩呼嚕吸麵條時，巴隆太太突然衝進廚房。她抱怨：浴室真髒！

好吧，我承認，一樓浴室確實不大乾淨，水灑在地上，灰塵和毛屑結成的絨球散佈在角落。

「待會吃完麵後我會去打掃，」我說。

但這已無法阻擋巴隆太太的腦袋瓜失序。

當她打開廚房小冰箱時，巴隆太太的理智瞬間崩解。

看著冰箱，她已無法分辨何者是冰，何者是挖剩的牛油或發霉南瓜。所有食材跟調味料，所有在這住過的外國學生都曾貢獻的食物，被從久遠的冰河時期以來便未除過霜的冷凍庫凍結，宛如深埋在冰原底層的長毛象，只要沒人拔掉冰箱插頭，他們將能被保存到地球毀滅那日，完整出土。

牛油加熱後或許還能抹麵包。

巴隆太太對在廚房吃麵的我大吼大叫。

我聽出她喊的內容，關於塞滿食物未除霜的冰箱消耗多少電，浪費多少錢。

就像她在領我認識波爾多的車行途中，展現的聽心神通，這時，我也聽見她心裡呼天喊地，更多是明天她該怎麼面對新房客。就像她對安東小姐大吼大叫那次，並非因為安東小姐半夜洗衣多缺德，而是洗衣機滾筒發出的運轉聲讓她無法承受，將引來鄰居的抱怨。

心得：優雅形象建構在他人的眼光之下，難怪法國人多抑鬱又壓力大。

我即刻扔下湯麵，衝出廚房找清潔工具，瑪兒也來幫忙，我們分工，她負責冰箱，我刷洗廁所。

雖說瑪兒是房東太太的女兒，但母女倆性格卻是天大的對比，瑪兒沈著，巴隆太太激動易失控。和瑪兒一起做清潔工作其實愉快，她手做事，口中哼哼唱唱，偶爾來段繞口令，清潔工夫一流。在我刷完浴室後瑪兒仔細整理，我們用同樣的清潔劑，呈現的效果簡直是名牌與地攤貨的差別。她打掃完的浴室，乾淨竟然能提升到心靈層次，一掃原本絕望與挫敗的髒污，現在是歡愉、新穎、新氣象！

警報解除——

新室友住進來那天心情好，她挑了好日子，有嶄新的房間，清潔的浴室，宛如從未用過的冰箱，以及在院子裡戲水，溫暖歡迎她的新家人，全員到齊：巴隆太太、瑪兒、昆丁、小鴿子、我。

大夥在走道上交談，沒想到巴隆太太竟然將我拉到一旁，向我道歉，說她前晚太焦慮了，不該這樣對我。

這下子我倒非常慚愧，畢竟髒浴室跟冰河紀冰箱，我也多所貢獻。

拿最末月房租給巴隆太太時，我留意到餐桌上插著繽紛的玫瑰瓶花。

「很漂亮啊，」我誇讚。

「噢，」她說，「孩子們送我的，前幾天我生日，昆丁跟瑪兒還請我去餐廳吃飯呢。」

巴隆太太逢喜事，精氣爽朗，我另外還知道除開家族聚餐，安東小姐告訴我，週末巴隆太太的運動俱樂部友人來訪，他們在泳池畔舉辦六十大壽慶生會，瘋鬧整夜。二十年華的安東小姐在廚房跟我講這事，她乾了杯義式濃縮咖啡，說她被吵得整夜沒法入睡。
巴隆太太開出最後一張房租收據交給我時，她的手機叮噹響起。
她接起電話，電話那端是她的朋友，要約晚餐，可喜愛熱鬧的巴隆太太回絕她，反講起昆丁。
昆丁發生什麼事？
原來，至此我終於明白，昆丁消失這兩個月，竟然來回了中國一趟。
可為什麼昆丁要去中國呢？大約是，起先他在美國浪遊，某天他想通了，決定至中國深造，他弄好文件，申請好學校，回家辭別，啟程去中國。
結果中國人不讓他進去。
昆丁的護照在洗衣機裡洗過，據說面目全非，但美國人絲毫不在意，壓個章便放行，可中國人，嘖嘖，現在別想唬弄他們。
於是昆丁又回來了，剛好參與泳池戲水、新室友入住、巴隆太太慶生。只是，這週巴隆太太行程將滿檔，得協助小兒子昆丁重新申請文件，跑辦幾個不同單位，填資料，拍肖像照，全得趕在學校開學前完成。在電話裡巴隆太太語氣焦急，但內行人一聽，便知她其實是拐個彎炫耀，好像昆丁天外飛來去中國唸書的想法，耍烏龍，在在表現出他不拘小節，男兒志在遠方。

好啦，巴隆太太結論，飯局一概不吃，為了寶貝小兒，本週她將忙翻了。巴隆太太掛電話後，禮貌起見，她把談話內容全和我重述，儘管，其實剛才我已經順便聽完了，可這次我點頭，配合著她的故事轉折驚訝、打抱不平、重燃希望……經過大半個夏季的磨合，現時我們終於能坐定閒聊。

巴隆太太講起她年輕時，曾夢想當中文教師，為此使勁學習漢語，那時她正懷上昆丁。

難怪嘛，玄關吊掛的木頭裱框孫子兵法，以工整的金漆楷書撰寫；走廊書櫃排放，整套精裝本中國神話故事，中國詩詞古諺；二樓我曾住過的房間書櫃裡，竟收藏法文版中國古典文學，法文版紅樓夢、水滸傳、三國演義……。連在臺灣的我家都未這樣有書卷氣。

「妳沒發現這之中的連結嗎？」

巴隆太太講畢她的前半生，我問她。

「昆丁在妳肚子裡時，肯定聽習不少漢語，以至於他現在要去中國——要不就是妳想學華語的願望，傳承到他身上。」

對於發現跨越長達三十年的時空線索，我很興奮，自認兒時偵探小說沒白看。

「不會吧。」巴隆太太說，半信半疑。

我倒是開心，豁然開朗，相信許多的事，綿綿續續引發所有的大小事，諸多微妙的細節，牽動著，促發著，事件一步步進展，時時刻刻，最終機緣熟成，花開結果。

「我們來語言交換吧，」我快樂地提議，「既然妳想學中文，我想學法文……。」

巴隆太太嚇得從沙發上跳起身，慌忙收拾紙筆，像個貪玩而忘記做作業的小學生，眼角低垂，迅速逃開。

「別找我，」她求饒，「學中文？那都冰河紀前的事啦——」

嶄新生活

幾年前法國有部賣座喜劇。

郵局的高級職員被調職到北邊鎮上，所有人都同情他，因為據說北方人粗鄙、操方言，還有天氣異常酷寒。當然，劇情的安排是高級職員悲愴地赴職，卻發現鎮民並不如外傳那樣野蠻，他們熱切接納他，招待他，這下主角難為了，他為了保有原本家人因他調職而付出的憐惜，只好將錯就錯，設下騙局——除了劇情，影片中逗人發噱的是北方獨特口音。

我問我的新室友，是真的嗎？

某個週末，我百無聊賴，躺在房間小床上連看幾部法國片。我講起這部電影，她開心起來，說：「我就是從那鎮上來的啊！」

接著她證實，在他們那兒，人們真是這樣說話。子音發音方式不同。我老覺得空氣從他們齒間洩出，人人都有大牙縫。

「如果你有興趣，我很樂意教你，」她熱心地說。

新室友，一頭赤銅色捲髮，白皮膚。同樣是法國人，她比瑪兒白上許多。她的皮膚像摻了粉，或許正是她從北邊來的象徵。波爾多的瑪兒是南方人。她們講話聲腔也不同。以往我從未留意此事。

要前往波城前，確實，有人向我提及南北用語不同，像是巴黎人的 pain au chocolat，在西南方人口中叫 chocolatine——然而我不大在意此事。我的法文沒那樣好，地區用語的差異在我根本無法分辨。講西南方法文或首都法文？前提是能先講流暢的法文吧。

但她和瑪兒的差異太大，你不可能不注意。新室友講話輕聲細語，每一句話間似乎滿溢著空氣，每個字像灌了氫氣，這些字你一放手，它們就要飄起來。瑪兒講話不是這樣。瑪兒的每個句子都紮實飽滿，扔到地上像會發出重響。

見面第一天，新室友和我握手，告訴我她幾歲——三十五歲；為什麼來波爾多——一份新工作；以及，到底為什麼要從法國最北的城鎮千里迢迢來此，她從未經驗過南方夏天，而今年夏天她房間裡甚至連臺風扇也沒有——她想有個新生活。

還有，她打算戒菸。

熱心且友善，我的新室友，從我們初次碰面，她就展現她的大方親切。她打開櫥櫃，說如果我缺什麼，她那有，咖啡粉、花蜜、茶……好像我才是剛搬來的新室友。她讓我不好意思，我樣樣具足，最後她硬塞了茶包到我手中。這些茶包，能助眠的茶包，她強調，是天然藥草，喝了舒服。

她看著我時眼神真誠，眼周邊緣深黑的眼線讓她兩眼迷濛，那是上了妝或天生的？圓潤的臉龐掩飾她尖凸的顴骨，雀斑像奧妙的機運，隨意冒在她臉頰上。

波爾多是座宜人的城市。生活在這兒是美麗的。大西洋終年吹拂的海風調節了氣候，人們口中的冷或熱，都不那樣咄咄逼人。

可六月那場熱浪卻嚇壞我們。

瑪兒拿著電扇滿屋跑，電器都因高溫而罷工。下了課我搭乘沒安裝空調的巴士回家，瞧見汗珠掛在那些法國乘客臉上，眾人默然，像穿著衣服洗蒸氣浴。

新室友來時已是八月底，夏末，天氣忽陰忽晴，上午豔陽高照，突然就飄來黑雲要下雨，你打起傘，陽光又從雲邊漫出。

她總是穿無袖的上衣。她總覺得熱。

細細兩條肩帶吊著薄滑短背心，兩條粗實嫩白的胳膊，在我們都還熟睡時推開屋子大門，趕著到店裡托出今日第一輪出爐的棍子麵包。

起初我以為新室友是麵包師傅，後來得知她是女侍。她工作的店鋪在學校附近，中午許多學生來用餐，她們幾個女侍忙得不可開交。

她講了幾次要帶麵包回來，有天她真這樣做。一袋小可頌放在餐桌上，下面壓張紙條：給女孩子們。

我們很快把麵包分食，並央求她再多帶些其他的。

「你們店裡做可麗露嗎？」我問她。

「做──我幫你看看。」她說。

然後我們聊起此地的可麗露名店，不是那間有花俏櫥窗，專賣觀光客的那間。波爾多作為可麗露的原產地，這個來自釀葡萄酒副產品的點心，在店裡你可以買到大中小三種尺寸，小的約成人拇指節，你能買一袋像糖果那樣吃。連甜點也意欲人醉的波爾多，寂寞的具體樣貌，在此實屬罕見。

──半夜回家，面對整間空屋。

──在熱鬧的餐館，獨自吃頓飯。

——無人能理解心意的當下。

這年夏天，我竟找不到發展寂寞的機會。

一天下午，樓上美國室友把音樂開得大聲，俗氣的流行樂，我們在樓下笑。屋裡總有人。待業中的瑪兒時常在，有天，她帶了兩條狗來，一大一小，名為印地安跟路基。路基在屋裡探勘，乾脆把我房間當過道來去，我們還得當心牠們別咬院子裡的烏龜。對了，烏龜，後院放養幾隻龜，這些冷血傢伙熱天要出來曬太陽，我的房間就在院子旁，常聽見牠們在掘土，翻草屑，來來去去，好幾次惱得我得去查看牠們到底在院子的垃圾桶後方，經營什麼大事業啊？

用餐呢？

義大利的情侶檔安東先生和安東小姐還在時，他們老窩在廚房，這民族愛熱鬧，總要我加入他們，叫我和他們一起去後院晚餐，叫我和他們去河邊 pique-nique，而且他們總說：你要來，因為我們也會做你那份餐。

到最後我破天荒得刻意更動用餐時間，才有機會偷到自個兒吃飯的安靜。甚至連早餐時間也是如此。維多和我出門時間相仿，通常我們其中一人會先佔到咖啡壺，但我們煮的咖啡永遠共享。

和安東先生更不用說，我們彼此有聊不完的電影、音樂、文化差異。此人風趣，他的風趣或許來自他看事情總帶點刻薄，以及，不為保持客氣而迴避某些話題——只要你抱持如同學術討論的態度——結果，我們聊得很愉快。

意外的是儘管如此，事事順遂，在波爾多我還是哭過幾回。

可這哭的原因並非傷心，也非孤單啊寂寞啊，說來真的奇怪，反倒更像種需要被滿足的欲望，就像肚子餓時需要吃，就是這樣簡單。

不知道你是否也會這樣？也曾這樣？

六月底，我和朋友們湊音樂節的熱鬧，整晚在大街走。維安警察守在車站，他們樂見我們吃驚的表情，好像逮到機會把人捉弄一番——當他們宣佈今晚所有車班都停駛，全不能進城時。

我們走了整晚。整路上全是音樂。市民自組擊鼓隊，路人在街上手舞足蹈。民眾把原本放在客廳的音響搬到陽臺，大聲放自己最愛的搖滾樂，一年中的這晚任何人都能做ＤＪ。無拘無束，沒有責任，也沒有懲罰的一晚。冰店大排長龍。我們從加隆河對岸走來，在橋上看落日將黃濁濁的水波染得澄紅。幾人跑在前頭，他們太興奮，連路也沒辦法好好走，只能跑著跳著，在其他人身邊轉。我們不停抱怨沒車搭，但我們的抱怨都不是真心的，充其量是讓我們誇耀今晚有多獨特，此時此地的我們又有多獨特。

我們在同條街上來回走，根本迷了路，然而我們只是大笑。

可隔天學校放學，我心裡難受起來。

離家最近的公車站牌立於一座大公園旁，公園裡有幾張長椅，其中一張長椅後方有個木製舊書櫃。雜七雜八的書歪倒在裡面，隨人交換取閱。這些舊書，許多書封都磨耗出紙的原色，它們看來不像要與人分享的珍藏，更像急於擺脫的前任。

幾株栗樹參天，沙地旁無樹，沙土上幾人滾球。一女人上場，她欠身，扔球，她的球朝前滾，在貼近標的球邊停住。男人們叫好，女人得意，揮揮手，似乎在說沒什麼。

我坐在長椅上，一會兒，我哭起來。可我完全不傷心，我不知道我為什麼要哭。

不，應該說前一晚我根本開心地要命！

我們玩鬧到半夜，後來我的好同學長腿想不起回去的路，我讓她借住我那。早上起床她說要畫眉毛，什麼妝都不上無妨，但一定要畫眉毛。我跟她說我沒那些東西，我把我有的丟給她看，她看完嘆了口氣。

今早上課她沒眉毛，也沒課本。我還和其他同學開她玩笑。

怪哉，現在我卻哭成這樣。

沒有任何壞消息，沒人辜負我，天氣舒服，學校旁你還能買到道道地地，散著酒香的可麗露。

我抹掉眼淚，試著想些理由，但它們都不成整的理由，也非當下的理由。

或許我哭是為了某件過往的傷心事？某件彼時未哭的債？

但是，是什麼事呢？

事件恐怕太瑣碎且太久遠，我不記得了，可傷心卻被留存，然後，隨時間醞釀，發酵，熟成，直到某天在和自由空氣相遇的那一刻，甦醒過來。當然——更有可能只是前晚的音樂節我們玩得太瘋，心情太激動而已。哭飽後我舒服多了，人很實在，收拾收拾，便散步回家去。

新室友也不明白自己為何又抽起菸來。

她站在房門外抽菸，在馬路邊，我下課回家瞧見過幾次。日光照在她身上，她倚著牆，裸露的雙臂白得像羽毛。

她是我們之中最早出門，也最早回來的。她的房間在一樓，街邊，如果她不想讓房間裡有菸味，不願像瑪兒和房東太太那樣，在客廳把菸當看電視的零食那樣隨手大抽特抽，馬路旁的確是她唯一的選擇。

我朝她打招呼，等確定沒車，我穿越屋前的戰神路。

我們貼貼臉頰。

然後她像做錯事般，歉赧地向我解釋，她不知道為何自己又抽起菸來。她又重複說她早打算戒了，也遵守了一陣子，但來到波爾多，她看到雜貨鋪。

「沒關係的啊——」我說。

再一次是週六下午，我打算出門去看場電影，遇上新室友站在路邊抽菸。這次我們一起走了段路，她說她其實也準備出門。

她把煙夾在指間，邊走邊抽。

「菸變貴了，」她說。

我曉得，因為新總統上任，他在各樣小東西上加稅。

「我要抽不起了，」她又說。

然後她計算起以她當侍者的薪資，能買菸的數量上限。

那時我們正走到夏特斯墓園（Cimetière de la Chartreuse）外。啟用於十八世紀末的墓園是波城觀光景點之一，遊客中心舉辦的暑期活動中，包含了夜遊墓園探險。有些名人安息於此，西班牙畫家哥雅（Goya）還在這兒立碑。墓園外有座公車亭，有時我想走點路，便會從住處走來這兒等車進城。墓園四周高聳的圍牆，採用當地產的米色石灰岩，切割成大面積長方磚建成。靠近點看，你會發現磚塊橫切面像紙頁般層層相疊的紋理，以及夾置在石頁之間，無數的小貝殼。

千萬年前，這兒還是汪洋一片。

我停下腳步，和新室友要在此分手。我打算在這兒等車，她要轉往別處。在我們道別前，新室友正計算著菸價和薪水，從她認真的口吻聽來，她似乎不打算停掉這項舊嗜好了，反倒是對漲價略略地埋怨哩。

確實是。

大老遠換個地方重新開始生活，交上新朋友，有份新工作，睡在新的床墊上，不代表能輕易換掉沈積在心底的過往。

暫離文法與單字，休憩整個週末，週一早晨，同學們似乎精神清爽。星期一同樣是新生加入的日子，新同學們介紹自己，無論來自哪裡，年紀長幼，身份地位顯赫與否，新生多半緊張羞怯，像瞬間回到了國小教室裡。

行了——暖身完畢，老師準備開始授課，此時教室外傳來敲門聲，來者是辦公室助理。

每週一早晨的固定行程，作為文化活動宣傳日，西班牙裔的年輕女助理大方站在教室前，用帶有捲舌口音的法語向同學們推銷當月活動。

其實所有的活動簡介早就張貼在大廳公佈欄，而且許多也早額滿啦：廚藝教室、品酒課、品嚐松露、前往聖艾密里翁（Saint-Émilion）或阿卡雄（Acrachon）一遊。少數保證錄取的活動，像是午後電影欣賞。課後你到附近公園草坪吃個三明治，再返回教室看法文字幕電影，這，稱為午後的影音催眠更為貼切——難怪學生們興趣缺缺。

而這裡還是波爾多，還是盛夏，能見好天氣和沙灘和失心瘋的時裝減價折扣，勤奮、刻苦、進取心，和波爾多壓根不搭調。

我曾詢問過行政櫃檯，學校辦不辦讀書會？他們斬釘截鐵說不辦。與競爭激烈的巴黎迴異，這兒連平日的正規寫作課都難湊足開班人數哩。

兩點半未到，我和長腿已在帝袞舊門（Parte Dijeaux）附近街道徘徊。帝袞舊門，一七四八年啟建，位於波爾多舊城區入口，面向廣場的正面三角門楣，裝飾皇室徽章，反面浮雕波爾多市徽，市徽之下，海神聶普頓（Neptune）

頭像遙視亞吉坦區（Aquitaine）的母親河，加隆河。現今，城門兩旁圍牆已遭拆毀，商店林立，落單的門洞孤立於此，好像被時光遺留的頑固老人，無視他身旁汲汲營營的新世代。

城門後方，固定有一水果攤，攤商販售當季鮮果，成堆豔麗的夏日櫻桃，宛如增添居家情趣的蠟飾品。我和長腿未曾在這兒買過水果，此處人人來往，熱鬧，鬧市，恐怕商品價格是觀光價。

我四處張望，烈日當頭，幾個年輕人杵在街邊或城門旁，也像我們一樣疑心。是這兒嗎？我們是不是弄錯集合地點？還是搞錯集合時間？直到一位矮胖的男人搖搖晃晃出現在帝袞舊門邊，他打手勢，要我和長腿過去。

矮男人彷彿由大小相異的球體組成，圓凸的肚腩，圓禿的頭頂，肉圓圓的手臂。第一眼見他，我便聯想到「小鬼當家」（Home Alone）裡喬派西（Joe Pesci）飾演的笨賊。

就稱呼他為喬派西吧。

喬派西手裡握有學生名單，點名前，他先自我介紹，宣佈自己擔任今天的導覽員。今天，將由他領導我們這群報名參加課後文化活動「漫走波爾多」的學生，認識波爾多。

「你——哪來的啊？」喬派西點到我。

點名時，喬派西自然大方，和同學們閒扯，他問大家從哪來？各自國家特色？他擠眉弄眼，從每人的回答中掏掘線索，順著牽攀交情，不一會，人人臉龐都展現笑容，氣氛熱絡了。喬派西真是喬派西，喜劇演員的天才表露無遺。

我告訴喬派西我從哪來。

「哎喲——」他猛然大喝，「好地方！」

「啊？你熟？」沒料到他會如此回答，我真詫異，直覺反問。

可喬派西迴避我的問題，賣起關子。他追問。

「傑若米，」他問，「你認識傑若米嗎？」

什麼？我該認識傑若米嗎？我來波爾多不過一週。我仔細想過全班同學的名字與樣貌。

不——我不認識。我搖搖頭。

可惜了，喬派西向前一站，彷彿站到不存在的攝影鏡頭前，語調惋惜，向在場的同學們講述誰是那位關鍵又傳奇，而我竟然不識的傑若米。

我這才明白，我怎麼回覆根本無關緊要。喬派西早備妥臺詞。

「他現在到酒莊進修去了，」喬派西感性地說，「傑若米為了成為一名正式的侍酒師，正在認真學習著，他曾是我的室友——」

然後，喬派西熱切的雙眼像副手銬鎖住我。

「——傑若米和你來自同個好地方。」

喬派西看著我，可他的眼神看的並不是我，而是超越我，他看到的是存在於他思念中的那位傑若米。然而也真夠莫名其妙，我竟然也感覺自己重疊了傑若米，好像，我和喬派西是熟稔的，是親暱的，畢竟我們曾一起失眠，一起促膝啜飲超市紅酒，傾訴彼此的人生抱負。

接著喬派西說，他是土生土長在地人，自願利用餘暇到學校擔任導覽義工，對於波城的文化史地，他深感自豪，甚至，他稱自己是鐵打的 chauvinist，是愛家鄉，愛土地的狂熱份子。

後來我們深刻體會了他預告中的含義。

導覽從帝袞舊城門開始。

愉快地走上大街小巷，喬派西帶我們穿梭古城，偶爾停駐，介紹典型奧斯曼（Haussmannien）建築式樣、材料，幾次法國革命留下的歷史軌跡。

「瞧！」喬派西說，「看看街口牆面，是不是刻著不同的街名？」

我仔細看，果真。

除去石牆高處懸掛的藍底白字街名牌，石牆中間和下方，分別鑿刻深淺不一的法文字母，皆為此街舊名。喬派西解釋，彼時革命黨認定，帝制時期的街道名實在墮落腐敗，引人作嘔，革盡皇權象徵的命，人人必奮起誅之——儘管只是條街名。
倒楣呀，從未惹事生非的街巷，改朝換代必拿它下刀。
然後喬派西指導我們看進石牆本身，構築外牆的黃褐石磚，原產自當地石灰岩。據說，遠古時期的亞吉坦區是片汪洋，直到漸新世地殼變動，才逐漸隆起。
「這兒的石頭有孔洞，」他解釋，「孔洞原本保存有海底生物的化石。你們看——」
同一棟建築物外牆，喬派西指出有些散發光澤的石磚，表面平滑，溫潤的米褐色和帶有氣孔的石灰岩磚，極為相似。
「另外這些沒有洞的石頭，是後來從外地運過來的。」喬派西說。
從未想過石頭豐富的身家背景，真令我驚奇著迷。
看完石頭，喬派西帶我們穿越暗巷和噴泉廣場，繞過觀光人潮，站上波爾多大劇院廣場。

廣場邊有座青銅鑄造的等比例模型，喬派西利用模型，講述劇院歷史，十八世紀建成，仿照古典神廟的形式。

他講得投入，汗珠從他晶亮的頭頂浮出，像蒸籠裡凝結熱氣成水珠，不過六月，初入夏的波爾多受熱浪攪擾，酷熱異常。來波爾多前，我以為這兒夏天的氣候怎麼難得倒我，想想我可是打哪來！

可此時我抖抖背包，裡面裝著課本及作業簿，小侯貝字典，逐漸感覺肩頭沈重。

其他同學則是左右張望，試圖找蔽蔭，或任何能稍坐的階臺，偏偏眼前美麗的劇院廣場寬闊，氣派，空蕩蕩，僅有電車從大街上的軌道轟隆駛過。

長腿明顯頹散了，她本就瘦弱，現在飄來盪去，雙腿像稻草紮的。

我喝乾水壺裡最後一滴水，頭腦發暈，喬派西絲毫未受影響，從與我們相會的那一刻起，他未曾下來換口氣，唯只前進與解說——

難道喬派西被歌劇院神廟加持了怪力？他甚至不可思議地愈講愈起勁！

好不容易，喬派西為歌劇院下了結論。

他說，假使波城是珠寶盒，歌劇院便是盒子裡的珍珠項鍊。多美的譬喻呀。

「走吧！」喬派西吆喝，「同學們，我們繼續朝下個點出發！」

吉倫特黨人紀念碑（Monument aux Girondins）的噴水池，青銅塑像栩栩如生。飛濺的水花在燦爛千陽照耀，宛如一顆顆漂浮的水晶。可這一切都讓我緊覺不妙。紀念碑高五十四米，面向歌劇院和夏同（Charton）區分別有二個大噴水池，別提水池裡受水流洗蝕，展現豐富銅綠色階的雕像群，約百來尊，各個具備象徵意義。像是，翻倒池中，手持面具的男人像象徵謊言、穩坐龍身馬頭獸車的女士代表共和勝利，還有紀念碑上的高盧雄雞，還有、還有、還有……喬派西領著我們一件一件仔細賞析，真是說不完的故事。

來說說我們這「漫步波爾多」文化小團體組成好了。

我們一行七人，分別來自德國、瑞典、巴西、畢爾包……以及我跟長腿。起先我們彼此說說笑笑，後來我們沈浸於喬派西的博學，現在呢，我們只盼望找個陰涼處躲一躲。

紀念碑前，喬派西激昂地宣講，長腿幾次想開溜，我小聲勸住她。喬派西如此熱心，你開溜，會害人家受傷的。長腿拚命嘆氣，哀嚎她腳酸膝蓋疼。我只好用最正面的話鼓勵她，希望能激發她撐下去的潛能。

終於，喬派西講完紀念碑和百來個雕像，我和其他同學正準備舉起雙手，為他的熱忱，他一路講來沒喘口氣的體力，豐沛的知識鼓掌，感謝這場午後兩小時的導覽行程在此劃下句點時——我們徹底誤會了。

喬派西大聲宣佈，「前進吧，同學們，我們的下一站是加隆河畔——」

此時我真無法置信，以為自己因曝曬過度而產生幻聽。

我們以為我們參加的是悠閒的「漫走波爾多」？雖然我並未期望中途能夠歇坐，或許在新古典風格的長廊喝杯咖啡，吃份焦糖可麗餅，但，這趟行程未免也太艱辛了吧？還有波爾多，波爾多這小城不過丁點大，歷史怎麼能這樣悠長？當初我真該去北美新大陸遊學才對。以及這些歐洲古人啊，你們做雕像怎麼不就好好做雕像，為何每座雕像非得蘊含什麼象徵意義呢？更別提這陽光，這藍天，怪了，我是在赤道還是西歐——？啊？

我滿腹牢騷，穿著露肩背心，我的肩頭發癢，以為是步行時，背包肩帶不斷摩擦皮膚的關係。

「你肩頭好紅。」畢爾包同學看了看我的肩膀，警告說。

我們在喬派西的帶領下穿越馬路，走到交易所廣場（Place de la Bourse）。環視眼前的河岸與建築群，自亨利四世以來，外省城邦誓願追隨巴黎，建造起雄偉的宮殿——喬派西正講得激動時，幾個花樣年輕人笑嘻嘻跑到我們跟前，他們胸前都掛著紙牌，上頭寫著「免費擁抱」。

我們一行同學們，此時都進入了無感淡漠的階段。我們徹頭徹尾放棄反抗，連想回家的念頭也蒸發了，平靜接受命運的安排。

我們冷眼看著這群少男少女，大概是期望世界和平美好的理想人士，當然啦，彼此擁抱總比彼此看不順眼好，於是在他們的鼓動下，我們便順從地和他們擁抱。他們之中有兩位姣好身材的女孩，我瞥見路上幾個中年男人，饞心大起，樂得趁機上前緊緊抱住她們。

交易所廣場有座噴泉，噴泉上方立有三尊雕像，喬派西再度開始介紹：當年國王下令用三聖人塑像製作噴泉，沒料到噴泉落成，布幕揭開，卻是三尊袒著胸脯的女人——

「怎麼會發生這樣嚴重的失誤？」喬派西解釋，「因為法文的 Saint 和 Sein，『聖』和『胸部』，發音相似，工匠誤會了，所以囉。」

喬派西講述這段淵源時，表情正如之前那幾個發饞的男人，他嘻嘻笑，可我們沒人回應，以至於，最後，喬派西也尷尬，難再繼續，便轉而帶我們看廣場上幾個特別的頭面裝飾（Mascaron）。

怪異的面飾，在波城到處可見，許多位於大門拱頂，主要用於驅魔避邪，表情奇特乖張，其中有些具備象徵意義，又以交易所廣場旁，李希留碼頭（Quai Richelieu）附近建築牆面的頭飾最為特別。

「他們多麼不同啊！」喬派西以傳道者的姿態，指著牆上三個面飾宣說。我們聚精會神，和頭飾大眼瞪小眼，努力想參透其中的奧秘。

此時，來自多明尼加共和國的女同學開口說話了。

「這是黑人面飾——？」她問。

「正是！」喬派西愉快地說。

我再仔細一看，確實，這幾個面飾鼻翼寬厚，像海鷗伸展的翅膀，豐腴的臉頰和疊累的雙層下巴，實在不像西歐人的相貌。

原來十八世紀時，為波爾多港市帶來鉅額的財富，除去葡萄酒，另有難以啟齒的奴隸買賣，這幾個面飾便是當時的見證。

混濁的加隆河，河風沁涼，我們在岸邊遠眺，日照偏移，炎躁已漸漸遠去，我們的心情彷彿水鏡廣場（Le miroir d'eau）的水泉噴霧，輕盈，清爽。

我們重新踏進城內的石板小徑，感到精神回來了——除了喬派西。

喬派西的精神從未消失，也無需恢復。

走在城內蜿蜒的小路，喬派西說，該是回去的時候了。我們聽了開心，又像剛出發時那樣開彼此玩笑，聊起天來。誰甚至說要幫大家拍張照，我們就在街邊排排站好。

我們跟著喬派西東繞西轉，由他帶我們走回集合點，走著走著，到卡蜜兒－茱麗安廣場（Place Camille-Jullian），喬派西忍不住停下腳步，介紹起眼前的老房子，一座曾為教堂，後改開罐器工廠，海事學校。現在是放映獨立製片電影的戲院。這時我們已受過鍛練，也明白終點不遠，就讓喬派西安可的盡職與長篇大論。

誰知喬派西實在熱心，他解說時，踮了幾小步到戲院門口，從書報架上捧一疊當期的電影月報，一份份送到我們手裡。

我順手翻了翻，六月放映片單上竟有楊德昌的《恐怖份子》。

終於，我們回到帝裘舊門，而直到這時，喬派西仍然滴水未進。

不，不對，他根本連水瓶也沒帶。

我們互道再見，心情複雜，既暗地埋怨喬派西又感謝他，對這人是又喜歡又厭恨。

麻煩事還在後頭，等我返回住處，這才發現我的肩頭並非摩擦脫皮，而是曬傷。接下來幾週，肩頭的皮膚像長了壁癌的白牆不斷脫落，焦紅發癢。從此在波爾多，我不敢再穿曝露任何身體部位的衣服了，也不敢自誇說，我來自多能耐熱耐曬的國度了。

再見喬派西是在數週後，另一場課後文化活動。

身為常駐志工的他，這回並非解說員，僅負責引導我們在歌劇院前集合完畢，點名，然後帶著我們搭電車到目的地。
等待集合時，我隨手畫畫，還沒畫完喬派西就出現了。
學生們照例從各處湊上來。
喬派西舉起手中點名版，一板一眼喊著每個人的名字。今天的喬派西不像上次，今天他正經八百，確認每人的國籍，在點名單上做記號。
點到我時，我向他微笑。
「我是臺灣來的，」我主動說，「我們見過，我參加過您的導覽活動。」
「噢，」他連頭也未抬，「參加導覽的人那麼多，我哪記得誰是誰。」
語畢，他在名單上我的名字旁畫個大叉叉，跟其他人的一模一樣。

必須逃掉的聖艾密里翁車票

僅只三節車廂的火車減緩行速，駛進車站。乘客依序下車，J在人群中一眼便被她們辨識出來。J身著露肩洋裝，裙裾在風中飄搖，印有大紅花的披肩覆蓋在肩頭上，頭戴圓頂草帽，十足的鄉村味，可雙腳卻踩著時髦的運動夾腳拖鞋。

她和長腿上前高興地跟J打招呼，J見了這兩位同伴，朝她們點點頭，不像打招呼，而像主事官員發出許可，然後逕自朝出口走去。

長腿和她尾隨其後，步履散漫，沒多久，和J之間便拉出長長的距離。

今早火車上的乘客大多來自波爾多，一小時一班的慢車，開往富盛名的葡萄酒鎮聖艾密里翁（Saint-Émilion）。

大清早，她從家裡搭公車到車站時，瞧見長腿受罰似地站在車站門前。

「唉——我早醒了，整晚都沒睡好，就怕睡過頭，」長腿見了她說，「我頭可真疼。」

「又嘆氣了妳。」她說。

長腿細瘦白淨，瓜子臉，買票時售票員看了看長腿的證件，問她們是不是學生，她們答是，售票員就替她們把原本已經挺便宜的票打了折。她略感意外。這幾個月她的確在當學生，但早過了拿折扣的年紀。全是託長腿的福。

可是，二十出頭的長腿卻老氣橫秋，似乎遭逢一輩子的不如意，常常話沒講幾句便嘆口氣。

她們講定，要是再聽見長腿嘆氣，就要罰她錢。

買完票，時間還早，她們決定去旁邊麵包店坐坐。連鎖咖啡店，店內裝潢並不制式馬虎，仿古木作牆面上裝飾浮雕精細的花樣，挑高天花板，華麗的水晶燈發送美好的光芒到店內各個角落。

星期天早上，店內坐了幾桌客人，看書與閒談。

長腿端來她們兩人的麵包和飲料，她又意外。

「妳怎會點這？」她問。

長腿的飲料是杯義式濃縮咖啡。長腿根本不喝咖啡。

「我聽錯店員的問題，」長腿說，「這啥我也不知道──」

然後長腿舉起小杯，仰頭暢飲而盡。

接下來的整趟車程，長腿快樂地不停講話，不斷頌揚偉大的咖啡因，自從乾了這杯 Espresso 後，她的頭痛一掃而空──原來咖啡這麼好哇，黑咖啡真好，以後我也要天天喝！

長腿拿出耳機，分了一隻給她，她們合聽著音樂直到和J會合為止。

Ｊ是她們語言班上另一位同學，這年夏天他們共同在波爾多短期進修法文，被分到同一個班上。Ｊ提過自己暫停北京的公務員薪資來上課，為的是希望有機會到法國深造。不過，說是公務員，後來她才了解Ｊ曾是崑曲演員，隸屬國家戲曲劇院。可能因為做過演員，Ｊ大概懂得怎麼發聲恰當，講起話來特別扎實有力，但表達的方式也特別戲劇化。

比方說，有一次，他們幾人在另一位上海同學住處談天，講著講著，話題內容不知怎麼，竟變成比較起誰的經歷最艱辛不堪。上海同學難過地講起遭親戚侵佔房產一事，此時Ｊ那股表現欲，不甘示弱的炫耀心態展現出來。

「我更慘呢——」她搶過話鋒，開始描述起童年遭母親趕出家門，自己在家門前跪求母親原諒。

「——出去出去，我們家沒有妳這種孩子！」Ｊ模仿母親說話的臉色，表情瞬間變得殘酷嚴厲。

「娘！開門哇，求求您開門啊！」Ｊ瞬間成為在（冰天雪地？）門外求情的可憐女孩。

從聖艾密里翁車站往市鎮中心的路上，兩旁是葡萄園。半人高的葡萄樹排列整齊，順著地勢綿延至地平線的盡頭，成了翠綠的弧面。遠方隆起的山丘，偶見丘頂上舊城殘垣。

不大肯定她們行走的方向是否正確，J發現路旁有一莊園民宅，打算進去問路。她則覺得其實沒這必要，若依照車站外的路牌指示，這兒是往鎮上唯一一條路，人車同道，其他散客也慢步在同路上。但J要做什麼事，她跟長腿是沒任何發言權。

民宅裡的看門犬吠吼起來，正在澆花的男主人喝止牠。肥壯的黑狗嗚咽，J跨進柵門內，男主人手中的水管垂軟，水柱直直灑落石子地上，發出嘩啦嘩啦的聲響。

長腿和她在屋外等，為了打發時間，長腿讓她看一則網路上轉傳的影片。就在幾天前，巴賽隆納發生恐攻爆炸，有人拍下現場爆炸後的情景，人們從建物裡撤出，躺坐路旁。有人在哭喊，許多人受了傷，醫護人員穿梭其中，救護車暫停在稍遠處。

這段影片的畫質粗糙，畫面晃動，拍攝者不知道是路人抑或當事人，一個鏡頭從路的右端拍至左端。然後長腿將影片暫停。

「妳看，」她說，「這人像不像我們班上同學？」

畫面停格在一位紅髮女子身上，她穿著無袖碎花杉，左手握了塊布壓著袒露的右臂膀，傷勢看來並不嚴重，只是驚恐給她的傷害可能更大。她張大了嘴，面容扭曲。

影片只有數十秒，她接過手機，反覆看了幾次，一下子說不出話。

「你還給誰看過？」她問。

長腿搖頭。

她把手機還給長腿，馬路上偶有車經過，柵欄後方嘩啦啦的水聲響個不停，忽然間她感到影片中的現實和眼前鄉間寧靜的現實，簡直無法分辨何者才是真實。

像極了。這人真像幾週前和她們一起上課的同學，這位同學自我介紹時說來自 Écosse，她們下課後問特別去老師，Écosse 是哪？老師指出地圖上的位置。

哦——是蘇格蘭，法文的講法和英文完全不同呢。

蘇格蘭同學每天帶優格來，下課時間吃優格。她有濃厚的口音，讓她們幾個壓根聽不懂她在說什麼，不過班上的西班牙男孩們和蘇格蘭人挺熱絡。她能講西班牙文，是西班牙文老師，而且同學告訴過她，課程結束後，她和男友計劃去西班牙旅行。上課時蘇格蘭同學常穿無袖碎花衫。

J 從柵門後走出來，長腿也給她看了影片，然而 J 的反應不像她跟長腿那樣激動感嘆，她一心一意，只在確認往鎮中心的方向無誤而已。

從車站走來大約二十多分鐘，此時鎮上多數店家仍未開始營業，遊人寥寥，或許對星期天早晨和遊興來說，都還嫌早。

沈睡的主街左側岔出一條上坡路，路底似乎是間私人博物館。J想上去看看。這博物館倒是破例開門營業了。館內主要展示陶藝品，看館的是個老頭，坐在入門內邊的櫃檯後方陰暗處。她在大廳轉了轉，長腿連門也沒跨進來，J興致勃勃，和老頭聊起來，這老頭的回答一開口就停不了，叨叨絮絮講了大半天。

「不知道他這麼能講——」最後J走出來說，略帶歉意。三個人又繼續向前行。

聖艾密里翁是山城，步徑蜿蜒，市鎮廣場位於半山。遊客中心提供多國語言的觀光地圖，以及廣場上老鐘樓鑰匙。她們借了鑰匙爬上樓頂，眺望鄉野，裝模作樣拍了幾張照。

遊客中心後方有座仍在使用的修道院，入口處砍了截樹幹，上頭幾乎打滿圖釘。你在捐獻箱裡貢獻，就可在上面敲顆金圖釘。耀眼的樹幹是閃亮亮的救櫝。一旁，另一截完整乾淨的樹幹正等著替換。

午餐她們在路上東挑西撿了間餐館。長腿對餐廳沒意見，而她跟J似乎隱隱在進行一場角力賽，每當她看中了哪間，J便婉轉地挑剔，最後忘記是誰妥協了，三人好不容易選中一間半山腰的餐廳。這間餐廳鑿山而建，餐館內的牆面就是裸露的土黃色的石灰岩，坐在餐廳裡就像坐在山洞裡。她們各點份套餐，含主餐及單杯餐酒。沒人額外點葡萄酒，因為沒人愛，雖說這減損許多來此地的遊趣。

對葡萄酒不感興趣，對她們來說，滿街的專賣店，成箱的、櫃檯展示的產區佳釀，還比不上她們到雜貨店選購洋芋片來得有意思。她曾在語言學校的課外活動，學過怎麼看酒標，AOC的定義，甚至從酒瓶形狀便能辨識產地。不過，這些她從沒用上。

遊客中心標示的九個古蹟景點，餐後她們繼續走，只剩兩處未訪。一是中世紀方濟會隱修院，今已傾頹廢棄，殘留部分石柱與廊頂，聚會堂牌面。這些斑駁焦黃，東一塊西一堆的破石熱烈地激發起她的想像，數百年前長袍修士的身影栩栩如生，浮現在她眼前。她好像看到他們行走在完整的迴廊上，她感到自己激情盪漾，J則在旁邊打了個哈欠。

另一是座哨塔，名為國王之塔，至於是哪位國王下令建築的？紛紛擾擾佔領此地的王權讓史實成謎，眾說紛紜。哨塔旁小路再往山上走是半荒蕪的葡萄園，幾株結了果實，但果粒小而寒傖。葡萄園前方擺有長椅，後方已達市鎮邊緣，網籬隔開小鎮與馬路。

午後此時，鎮上已滿是觀光客，許許多多遊客則從兩旁小路爬上來又走下去，走下去又爬上來。另外也有許許多多遊客像她們一樣最後坐在石椅上，空望著哨塔和遠方，心中似乎升起什麼古往今來的感懷。然而也僅止於此，下一秒已在牢騷無處可訪了。

離開葡萄園，回到廣場，J和她們告別。

J講了些理由，總而言之，她就是不願和她和長腿一道搭車回波爾多。在這之前J又讓她們在廣場上等了老半天，J說自己特別喜歡當代藝術，進了路邊的藝廊就不見人。她和長腿坐在街角等，午後刺烈的陽光像塊鐵板，壓著她的大腿跟胸膛。

最後她和長腿循著原路回到車站。

鐵軌旁唯一的候車亭被幾個青年人佔據，沒有其他座位，個子較高的那人，不斷撿起地上的石頭朝對面草叢扔。

她們只好坐在旁邊圍籬的水泥基座上。

再過兩週，她就要離開波爾多了，長腿則會留下來，直到考完檢定考。長腿想留在法國，這段時間長腿老是擔心著自己的課業。

這年夏天她過得很愉快，可能因為長腿和J把她當朋友。這趟鄉村旅行她們計劃許久，就像所有的好交情，她們希望歡快的時刻能像眼前的鐵道無止盡地延續，只是沒料到，今天卻如此糟糕。

這樣雅緻的小鎮，漫步於生氣勃發的葡萄園旁，天空湛藍而太陽燦然，日子應該像在天堂一般。
之後有人問到她的酒鄉之旅，她都敷衍帶過，連提也不想提。
她答應長腿，晚上乾脆去她那吃喝一番，這個決定讓她愉快了點，好像一整天終於有件事可以期待。
「其實我很怕她，」長腿說，她指的是J。
長腿講起曾和J相約晚餐，結果因著遲到，被J狠狠訓了一頓。
她們兩人看好回程車班，在車站找票口買票，可是四處找，怎樣也找不到。月臺上沒有設立售票機，月臺旁有間四方的水泥建物，她們本以為是車站，仔細看，竟然門窗全部緊閉，就是個密封的大方箱。
最後她們在月臺另一側發現一道上鎖的門，這時兩人恍然大悟，這小車站大約週末沒有售票窗口。
完全無法讓人看進的空間，只能等待開門時。
今天的J到底怎麼了？兩週後她和J在前往巴黎的車班巧遇，J穿過大半列火車來找她，她們在車上好好聊了一陣。到巴黎後J百依百順，她們一起搭地鐵，她說怎麼走J都只回一個字、好。J願意淋雨，願意和她在地鐵的階梯上將行李扛上扛下。

難以接受這兩位J竟是同一人。

於是，她和長腿討論後，決定不對她們的朋友追究了，改以逃掉這張回程車票，當成對本日惡劣心情的補償。

Des Bonbons

西南法的夏天，有時你也會遇上糟糕的日子。如果全在計劃中，有心理準備，那便無妨。通常討厭的事物所以惱人，在於意外。突如其來的低溫，星期五傍晚的下班車潮，滂沱大雨，或虛弱，粗心，一切都難以應付。

六月底，我迫不及待想直奔大西洋邊，便在網路上搶訂富合（Fouras）民宿，想像自己赤腳走在沙灘上，揀貝殼，踏浪，做所有浪漫的度假事。未料三週後天氣驟變，當地海風像被得罪的暴君，怒氣沖沖地吹。我穿了件羽絨外套，這件外套在波爾多還能禦寒，但在富合簡直如同一張薄薄的衛生紙。

塞車害我錯過原定的火車，也搭不上接續的巴士，只好厚臉皮請求房東愛蓮到較遠的小鎮車站接我。

愛蓮帶我到房間裡，她走後我把健行用的背包往地上扔。出發前我抓了不少東西塞進去，現在我打開翻看，不敢相信自己怎麼會帶這樣的衣物來。我找不到一條室內換穿的便褲，卻翻出兩條牛仔褲？再加身上穿著的這條，而我在富合只待一個週末？沒準備外出用的隨身包，所有東西，錢包、手機、鑰匙、筆記本……散落在大背包裡，可我竟然帶了些糖果？Des bonbons！打包時我到底在想什麼？

這趟旅程，還沒出發我已感到緊繃而疲憊，一切都不對勁。

有時候，我真希望這不是我的人生。

加上偏偏在不恰當的時間點出門。

我很沮喪，我的腹部發脹，經期疼痛，像挖土機在拆除鬆動的老房子，疼痛從體內襲來。我想到網路上張貼的美好海濱照片，燭光與法式晚餐料理，出遊時展現的甜蜜時光——怎麼從未有人講講那些不方便？做為女性旅行者肯定會遇到的狀況。

一次，在里斯本，班機抵達的時間是半夜一點，我在網路上搜尋，最後預訂了機場旁的房間。

民宿太太友善熱心，到機場迎接我。我們步行到住處，她替我打點好，解釋屋內用具。地緣關係，這兒經常接待各個時間抵達與離去的旅客。然後房東太太告辭，說她得離開到另一棟房子裡，去照顧自己行動不便的老媽媽。

我實在疲憊，拉上窗簾便睡了，然而一覺起來，發現一塌糊塗。旅行作息，班機時間，身體的節奏徹底混亂了。

如同誰能在三週前，預料富合的天氣將變得惡劣？誰又會知道我的身體也是？此時我感覺自己從內到外停滯。沈重。陰鬱。我就是外面的烏雲和肆虐風雨。有人在說話。

強而有力的聲音，在我裡面說：妳呀，做什麼呢？到目前為止，妳全部的人生都不值得一提。什麼也沒有，自己一人。

聲音時大時小，持續著，清晰無比，像關不掉的廣播電臺。

我拜託自己不要這樣想，儘量試著舉些正面的事，但我愈努力列舉，愈發現這樣做真是弔詭。

如果一切都是好的，為何我還需要特別去想些好事，來告訴自己一切都好？

我在說服我自己？

如果，事實顯而易見，為什麼還需要去說服？

房間有張雙人大床，軟硬適中的床墊，輕柔的羽絨被外包覆潔白被套。床前有臺大液晶電視，愛蓮告訴我怎麼操作，大概有上百個頻道，我坐在床尾，從頭到尾換了一輪。電視櫃上方擺了幾本雜誌，還有富合的地圖。其中有本當地市政廳出版的期刊，我翻看，末尾活動短訊，宣傳八月中將舉行露天古典音樂節。

夏天音樂會活動持續舉辦了幾屆。宣傳照片拍攝森林裡，高聳的老樹綠意盎然，交響樂團位於林中步道盡頭。聽眾座椅整整齊齊地排放樹林間，人們穿著麻紗料的米色衣裙聆聽，森林裡的貝多芬，日光透過樹葉間的縫隙落下，繽紛的光點是雷諾瓦的顏料。

不過是一則宣傳廣告，我仔細讀了又讀，看著照片，多美好。如果是八月，八月肯定好過現在。如果是別人，身為別人坐在林間聆賞古典樂，別人肯定好過我。

這個我。

成為別人。

廣播電臺仍在放送。

我躺下來，滑開平板電腦連接網路。看照片，看別人的照片。

有個女生，我們年紀相仿。她長得真好，照片裡的她看起如此完美。她身邊的人，家人，朋友，他們看起來愉快。他們在照片裡玩鬧，做些俏皮逗趣的事，她寫幾句話，講講來龍去脈。他們打扮得宜，參加正式的活動。來到據說法國西南部最美的海岸線，我卻在床上，把時間浪擲在毫不相干的照片。一張接著一張。

早晨，陰冷的陽光從天窗照進來，歪斜的四邊型光塊，映在白床單上。我放輕腳步，木頭的地板回應聲響。屋內潮濕寒冷，我的身體也是，木地板試圖散發點溫情，但趨不散寒意。

地面樓走道，盡頭右轉是廚房，前方則通往客廳。前晚我抵達時，客廳燈全關了，黑暗中看不見任何人，閃耀的冷光從電視螢幕照射出來，只有一隻誰的腳板，大咧咧跨擺在長沙發椅背上。

今早，愛蓮正在廚房裡忙著。

前晚我們約好早餐時間，愛蓮問我喜歡什麼樣的早餐。

都行，我說。

廚房通往後院有扇門，原本開放的庭院，改用鋼架搭建成玻璃屋，整理成半開放式空間。一張能坐六人的長木桌，茶几櫃裡塞滿玩具和書，長沙發上隨手扔了本主人正在閱讀的大眾心理學讀物。植物和盆景錯落在庭院邊緣，熱帶棕櫚向上伸張的葉片，幾乎觸及玻璃天花板。

愛蓮在廚房和後院間來去。長桌子放滿了食物，穀片、法國麵包、果乾、熱咖啡和茶、鮮奶和優格、起司、火腿片……愛蓮卻仍不停地端出餐點。

她讓我坐在主位，然後，她竟然向我道歉。

「抱歉，」她說，「可頌還沒來，我先生已經去鎮上買了。」

前一晚她問我喜歡哪種麵包時，我回答她，現在我頗為後悔——真是找別人麻煩。我看著桌上已經切片的法國長棍。

沒多久，前門被推開了，愛蓮的先生從廚房門口探出頭。他把手中的小油紙袋交給愛蓮，愛蓮再將它放在我面前，裡頭裝了一個牛角麵包。

我替自己倒了杯咖啡，撕開可頌，抓些碟子裡的核桃。

愛蓮說，這核桃挺好，她妹妹在鄉下產地購買的。說完愛蓮又回廚房，她還在準備，準備什麼呢？漸漸地，四周安靜下來，我聽見自己的呼吸。我和愛蓮之間，玻璃屋和廚房之間，隔著牆，我看不到她。

愛蓮拉開餐椅，木頭椅腳磨擦過地板，我聽見她滑坐進椅子，稍微調整角度。愛蓮小心翼翼地用餐，金屬餐具謹慎地敲打著瓷盤，每個響聲都像用螢光筆特意標示，在我們之間變得突出而尖銳。我坐立難安。看著滿桌的早餐，只為我一人打點，特意上街購買的麵包，整間優美的溫室。愛蓮卻縮小在廚房裡。

這幾天我待在屋內時，曾聽見愛蓮講了一通很長的電話。

然後在某個機緣下，愛蓮向我解釋了那通電話的內容。

話筒另一端是愛蓮的母親，她講起父親，說他患上失智症，病情愈來愈糟，目前母親照顧父親，但母親也要應付不來了，父親再度走失。對於這件難事他們看不到好轉的跡象，沒人能解決，目前沒有任何方法能化解，這看似無止盡的負擔。

面對滿桌的餐點，聽著隔牆外的愛蓮，她的一舉一動，忽然間，我好像不再羨慕相片裡美麗的漂亮的人與景物，夢境般的生活了。

接受尊榮，倍受寵愛的人，妥當的保護起來，看來如此，或許並不真實。玻璃溫室外是陰雨天，室內的平靜安穩就像一張照片。而照片裡的人，永遠無法深深吸口氣，長高幾公分，使用新學到的生詞，跌倒摔跤，告白，曬傷，流一滴眼淚。照片裡的人只能永遠在臉上停格固定的笑容。

離開愛蓮家前，我將隨身帶的飾品送給愛蓮和她先生。他們高興起來，問我從哪兒來呢？我告訴他們。愛蓮邀我八月再訪，她說八月時，這兒天氣肯定會好上許多，一切都會很好。

聽她的描述，我確實心動。我相信她，肯定會如此的。

可我再轉念一想，已感到心滿意足了。

或許七月的富合真是讓人難以忍受，或許身體作對，或許我未達世間成就標準的人生，真是不值一提，或許我擁有得極少。來瞧瞧我有什麼？我有糟到底的週末狂風暴雨，有即時加入的疼痛與疲憊不堪，有過大的背包，以及必須與之對抗，腦中關不掉的自我貶抑。我莫名其妙有兩條牛仔褲，其中一條根本穿不上。不過，幸運的是，竟有些糖果在褲子口袋。

摩天輪

室友情侶檔安東和維多準備離開前，最後一週日，中午過後我才返抵家門，聽見他們在院子裡午餐，之後在泳池裡戲水。

儘管我缺席了，他們還是替我準備午餐。安東先生，作為義大利人類學教授，手藝絕佳，濃厚的興趣在廚房。一晚他料理雞丁，用廚房裡歷屆房客們棄留的各樣，各國，稀奇古怪的調味料自製醬汁，醃肉，再以麵粉揉抓，鋪放平底鍋乾煎。

廚房香味四溢，但，這可是義大利料理做法？

安東先生簡介做菜流程，我問他怎麼知道，雞肉得先裹薄麵粉？他答：「我不知道我怎麼知道的啊，電爐後方有袋麵粉（確實是，擺那兒不知道多久了），我突然注意到，想說能用——」

安東小姐的評量不得而知，可目睹安東先生下廚讓我自慚形穢。整整一夏天，我和安東小姐料理食材的方式乏味而膚淺，我們只曉得買蘿蔔蕃茄甜椒洋蔥，或水煮，油煎，微波，偶爾我的菜色略勝一籌，層次變化，其實偷偷仰賴廚櫃裡從臺灣帶來的加熱料理包。

飯後，室友們換泳衣，沒入小池，我沒跟風，我從未和他們一起游泳。說來害臊，橫擋在我和泳池間的最大障礙起自我的泳衣。幾年前我決心練泳，認為嚴肅的泳衣將會是正確的開始，泳衣就得選運動品牌，選手等級，其餘花花綠綠的上下兩塊布料純粹玩票心態，結果到頭來，我挑選泳衣所耗費的時間，遠超過泡在水裡的時間。

歐洲女士們泳裝大多兩截比基尼，尤其崇尚自然美的法國人，時常連上半截也大方省略，塗擦防曬乳，袒胸仰躺日光浴，跟同伴沙灘排球。哎，愈是如此，愈顯露我的全身包覆機能性泳衣，在此地格格不入，好像模範生穿制服出門郊遊——泳衣，還是留行李箱底吧。

印象中唯一一次換穿泳衣的時機在巴賽隆納，那次我才踏出更衣間，即刻有人恭維，你一定很會游泳！

天曉得。

於是，今天，除我以外，連前幾天慶祝完六十大壽的巴隆太太，都穿著鮮豔的比基尼來了。她小心翼翼走進池裡，我手拿畫本跟鉛筆正經八百，端坐躺椅上，像個指揮官，開玩笑地對她下命令，不許動！

安東小姐叫喚我，妳一起來啊——來和我們一道游泳啊——

我搖搖頭，拒絕她。

安東先生在泳池邊架好兩把大陽傘，傘下放躺椅和音響，音響連接維多的手機。

我手飛快地畫，試圖捕捉游水的朋友們的身影，進入我的速寫本裡，我真緊張，心臟劇烈跳動，手指顫抖。午後，陽光穿透灰噗噗的雲層，院子裡的無花果樹，倒映水面成深深淺淺的綠色波紋，池邊踢水的瑪兒閃耀金綠光芒，維多潛入池底來回梭游，安東先生慵懶，攤躺池邊，樹影搖曳。

我專心畫，幾乎停止所有的思緒，突然有個微細的話音入耳。

行了嗎？我可以動了嗎——？巴隆太太站在泳池，輕聲回頭問我。

哎呀！竟忘記這位在場我獨獨沒速寫，卻認真擺姿勢的模特兒。

這天我們一直和彼此待著，我們都明瞭分別在即。

傍晚，有人提議去人民公園（Jardin Public），那兒舉辦音樂會。

我們搭公車前往，穿過大街，有個男人迎面走來，見我們像面見熟識，劈頭就說音樂會還要往前，不遠了，就在前面公園裡。

說完，他頭也不回離去。

安東小姐原本走在我前面，她停住腳步問，他怎麼知道我們正要去哪？

我說上天派使者來跟我們傳話。

瑪兒犯菸癮，心神不寧，我們沒人攜帶打火機，她攔截幾位路人探問，竟無，最終她向露天咖啡座的一對年輕男女借得火，幾人坐路邊喝咖啡，天空亮晃晃，大家的心思都單純，那是個純潔的下午。

我們抵達公園，音樂會接近尾聲，已見小部分人遊晃離散，表演舞臺位於公園另一側，雪松、胡桃、栗子樹、梧桐樹，樹叢遮擋視線，我什麼不見，只聽得即將結束的婉轉樂音，和群眾意猶未竟的殘鬧。

和瑪兒和情侶安東交好的幾位友人，與我們相會，但誰迷途公園外，找不到約定處，維多站著，東張西望，似乎在等候這誰人，這時我們全都席地而坐，公園草坪早被人群來來往往，踐踏得稀疏，凋零，坦露出堅實的黃土。

我和身旁的女孩閒談，她圓呼呼，精神飽滿，青春在她黑亮豐盈的捲髮間彈跳。女孩從智利來波爾多三個月有餘，法文入門級，她說想在這打份工，端盤子什麼的，都行，幾天下來她見了許多人，但沒人給回應。她蹙眉，煩憂，煩亂，在心裡打算生計。

可憐這女孩——假若能預知幾小時後她會收到上工通知，說不定，她就能享受音樂會的尾聲，輕鬆和我們談天。可惜她不知道，只好憂愁。

然後，我們走出公園，我們走，從城這頭步行到那頭，再從城那頭走向另一頭。為了什麼呢？為了要和誰會合，有人加入，有人離去，又有些人加入，人都從哪兒來呢？是誰的朋友，誰又認得誰，誰又在等誰？

誰？

我什麼也搞不清楚。你發覺此時你們像傑克．凱魯亞克（Jack Kerouac）筆下的狄恩．莫里亞提，漫無目的竄過來竄過去，你們堂堂受封「聖鬼混」。你們來到卡布桑市場（Place des Capucine），週日早市已收，入口鐵捲門緊閉到底。誰領你們來此是為著後街漢堡店，你們之中有人跟服務生交涉，服務生老實回覆說，店外沒有足夠的露天座位給你們，除非你們願意等，但也很難講。

你們這群，現在也不曉得多少人了，男男女女，還多條狗。
褐毛臘腸狗，毛短晶亮，軀幹結實，步伐輕快搖擺如孔雀，一路跟隨。
牠主人用紅織帶圈繫牠，替牠備妥專用水碗。
你問，牠幾歲了？
男主人答八歲。
牠看起來更小——，你說。
大家都這樣講，主人很得意。
餐廳裡的平面電視正轉播足球賽。
服務生送來個人點選的漢堡，附大份薯條，原本悶頭舔水的臘腸狗聞香，死命踮起粗短的後腿，前腳爪搭牢主人大腿。牠主人撿餐盤裡的薯條餵牠。
主人宣稱，我們吃什麼，牠就吃什麼。
可餵食幾回不順手，主人索性一把把小狗拉拔進懷裡，轉向，換由他身旁的親親——我確實聽見主人如此介紹——來餵。

親親坐我對面，很難不欣賞他，他是我所見最漂亮的男孩，有如一枚浮雕於古董錢幣的頭像，標誌秀雅，上頷虎牙，膚色勻稱黑甜。親親沈靜，惜話，聰明寫臉上。

安東小姐坐親親左手邊，她問他跟主人做什麼的？

親親不答，主人倒開了口，說他自己在找工作，而他呢，是經濟學老師。

安東小姐問他們是波爾多人嗎？

是，主人說，他自己是，是坐長桌底端，上臂刺青的女生的大學同學，而他呢，則不是，他來自海外省。

所以他是你的……？

傻呀安東小姐，粗神經，我在心裡嘀咕。

主人的娃娃臉平靜從容，如孩童比例大頭細身，安然適切，穩當坐定於薯條盤前。

他我親親，主人大方說，mon chéri。

語言班同學長腿，她灌進整杯淡啤後，臉頰泛紅如置身冰天雪地，長腿吃光了自個盤裡的薯條，連我那份也吃得見底精光，然後開始像老太婆般大驚小怪，說自己天旋地轉了，我說妳早點回家吧。

出餐廳我們繼續走，街上將近無人，天色暗濛，暈黃的路燈虛幻了眼前的街道，看來像電影佈景。

長腿摸不清回家方向，該在這頭或對向等車，上臂刺青的女孩熱心幫她確認。我們留長腿獨自在這等車，刺青不放心，再三問長腿是否能尋回返家的路。我們在旁邊耐心等，刺青關心長腿，好像她才是夏天跟長腿上課，玩音樂節的朋友，而不是我，可我跟長腿連她名字也沒問，講到她就代號：那手臂刺青的。瑪兒一秒鐘也不願待，她早膩透了，長腿說要回家，瑪兒立刻說好，倒是刺青在囉唆。

之後，我們（除去長腿）繼續我們的城市漫遊，從新市郊的電車站，走過吉侖特黨人紀念噴泉（Fontaine de Girondins），水池裡的青銅戰馬幾乎奔躍而出，紀念柱前方的青銅雄雞揚舞雙翅，高挺胸膛，遠眺加隆河，河畔摩天輪彷彿懸掛黑色天鵝絨帷幔上，眾神的寶石指環。

這事恐怕只有法國人做得出來——安東先生喟嘆。

他意指我們行經的梅花廣場（Place des Quinconces），以梅花型栽種樹木成林而得此名。

市中心竟有這麼大片空地，他說，要在義大利，早蓋滿房子。

大約此時，安東小姐拉我講她和安東先生的偉大發現，也就在此時，悶了整晚的智利女孩接獲簡訊，通知她上工，她高興，在大馬路跺腳，重複強調自己多幸運，徹底變成樂觀的人。

我們穿越樹林向前，經過波爾多劇院。

安東小姐悄聲溜到我身邊。

我和安東先生有個新發現，她說。

請說，我聚精會神聽。

我們觀察很久，發現沒有男人穿露腳趾的鞋，除了兩種男人——gay和老男人，她低聲揭曉答案。

這下我笑了，同時估量我們，確實，安東先生和主人、親親穿露腳趾的鞋，涼鞋或拖鞋。安東小姐拐彎抹角調侃她男友，但我何許人，怎會輕易中計？所以說，我說，安東先生是gay囉？是吧！他手藝佳，愛下廚，喜歡搞文藝……

這下換安東小姐樂了。

不過，哪，如果他真是gay，他也是很愛妳的gay。我結論道。

儘管安東先生老對各樣大小事發牢騷，但我識得他的情感。

安東小姐聽完，樂陶陶，可沒多久又回到正經的性格上去。

奇異的遊蕩的夜晚，我們再度走進城內，重返老建築懷抱。幾位今晚你們初相見的同伴，你跟隨他們，他們到底是誰？你們又怎麼會走到一塊呢？

打從公園開頭，這夥人老在嚷嚷有個要好的朋友，他們反覆提起他的名字，金還是新還是什麼，韓國人，從名字你分不出性別，整晚他們不停說，金（還是新）就在附近囉！他要來囉！新（還是金）就要加入你們囉！

你們今晚踏過的里程，消耗了時間，不過就為金還是新？他們說，他是好極了的人，用虔誠信徒般的口吻說。

瑪兒在烏托邦戲院（Cinema Utopia）外和誰聊天，然後見著你，你們左彎右拐，來到轉角酒吧，所有人早在街邊坐定，你選角落座位，抬頭瞧見面對的建築牆面，妖氣的人面石飾瞪望著你。

瑪兒和安東情侶坐在幾張桌子接成一條長桌的前端，一會兒，好像憑空生出一群義大利人，他們和安東先生熟識，同他擁坐，熱烈交談，法國人瑪兒處在他們之中，尷尬，挪移到我身旁空位。

侍者加了椅子，順便接單，人人都選定，我選價目表裡最便宜的冰啤酒，二歐元，可我沒有再喝啤酒的胃口。我想點熱咖啡，可沒人在大半夜的年輕夏天點熱咖啡。

瑪兒說她還得考慮，打發侍者走，她不想點，她不想掏錢，她不斷挪動椅子，椅子發出匡噹匡噹的響聲。

妳很開心嗎？面對瑪兒而坐的主人問她。

瑪兒回說，我很無聊。

什麼？主人以為自己聽錯。

我很無聊。瑪兒又說了一次。

然後她起身走進酒吧，向櫃檯的服務員點啤酒。

服務生送酒來，主人和親親點單杯白酒，他們讓智利小女孩嚐，我索性不喝我的啤酒，苦澀乾硬，反正我本來也不想喝。瑪兒說侍者送來的酒不是她要的，他們又換一杯給她。

我們坐著，聊天稍微萌發點興致。主人講起海外省，引出瑪兒興趣，她說自己從未去過。另一頭，安東二人和義籍朋友似乎愉悅，快活，維多莫名其妙傳只迷你的雙耳鑄鐵鍋到我手裡。

做什麼？我問他，煙灰缸？

他擺出一副他也不清楚的表情。

我捧在掌中把玩，然後把鑄鍋留在身後窗臺上。

終於，這時，新還是金從黑夜裡現身，他反戴棒球帽，一蹦一跳，像街頭舞者。他們挪個位子給他，刺青開心得失控，她提高音量，像飛機將起飛前，將引擎動力直催滿點那樣轟隆隆，和金還是新兩人推拉打鬧。

維多壓低身體，越過我，讓瑪兒看他手機裡的照片。

這玩意兒法文怎麼說？他問瑪兒。

照片裡是座摩天輪。

瑪兒要答，我瞥見照片，脫口而出，grande roue，我說。

瑪兒得意洋洋，像獨裁皇帝，傲慢地將身體往椅背攤靠。這並非第一次，每當我講高尚的法文，知道幾個詞彙，瑪兒就得意。

我說我知道是因為有年夏天，曾經同別人相約杜樂麗花園入口，摩天輪下方，為了確認約定，我查了生字。

再說一次，瑪兒要我再講一次。

我說了。

哪，她告訴維多，就是這樣，grande roue，大轉輪，終日旋轉不停，彷彿遊戲人間一遭，賞盡風景，最終哪兒都沒去。

2018
0428

十分鐘前，我說

中午結束最末一堂課，從學校趕回住處收拾行李。其實行李差不多整理妥當，我只是到處瞧瞧，拉開抽屜櫃，探望層架，擔心遺漏了。從波爾多離開的車班時刻未至，時間不長不短，得消耗過去，勉強找事打發，可心神已等不及先走，恍惚懸盪，交接的縫隙時段，經常較接續的長途車程更讓人倦乏。

此時，瑪兒傳訊息來說，她沒辦法送我去車站。她在父親家，同父異母的小妹小鴿子臨時要人照看，她走不開。

收到訊息我感到一陣酸澀。

酸酸澀澀，不在瑪兒無法赴約，更多在預感成真。我早意識她恐怕不會來，可能是前幾天她允諾我時，心不在焉。她草率地跟我談話，又匆匆離開。

平常瑪兒老在屋裡轉，少見她在哪兒坐定，坐穩，好像鄰近某地永遠燒著火，擾動她心神，必須趕去救急。她狠灌啤酒，每隔幾天，前院可見一大量販店尼龍購物袋的空酒瓶。她弟昆丁已去了中國，我不信房東太太與受邀晚餐的運動俱樂部同好們，能天天有這麼好的胃口與興致。

我拿起手機回覆她。

沒關係，妳去忙吧，我自己能安排。

瑪兒知道我所指的安排。

上星期天我們在城裡瞎混直到凌晨，安東情侶檔和他們的義大利朋友們聊得意猶未盡，他們真不在意時間，要不就是樂天。瑪兒早想走，我也是，一想到隔天整個上午的高級法文課。

可我們現在沒辦法說離開就走，公車收班了，城內徒步區也見不著計程車。

我說瑪兒別慌，我用手機能叫車，我裝載了叫車軟體。瑪兒不可置信瞪著我。你，有辦法的人怎麼會是你？三個月在波爾多，我活得遺世獨立，不裝辦網路也不申請手機門號，室友們好奇，探詢過我幾次：水、空氣、Wi-fi，少了任何一項元素我怎麼過活呀？

我把手機銀幕給瑪兒瞧，指出Uber的圖樣，她忽地大笑，信心十足，容光煥發，可轉瞬又浮現愁容。都怪我。糟糕！我這才記起，我沒辦網路——叫車軟體沒Wi-fi，派不上用場。

難道我們真得走路回去？瑪兒沮喪說。她心裡希望只消轉轉指頭就平躺在自己房間床上。

估計酒吧提供網路，我走向櫃檯，結清酒錢，其他人陸續進來買單。穿黑色馬球衫的店員遞給我網路帳號密碼，我在手機上敲了幾下。

行啦行啦——，能叫車了！

金還是新跟誰仍在打鬧，瑪兒被這群暈陶陶，樂悠悠的人團團圍住，烏雲罩頂，她擔心著其他大小事。

「現在有車也不行，」瑪兒說，「我們五人——妳、我、安東兩人，還有維多，根本坐不下。」

「擠一擠不就行了——」我幾乎脫口喊出，但旋即想起此時人在法國。好傢伙維多在我們旁邊，聽到我跟瑪兒的對話，他自告奮勇，願意騎街上出租單車回去，反正他早習慣了每天騎車上下學。維多削瘦的臉頰和鷹鉤鼻總我想到新任法國總統馬克宏（Emmanuel Macron），今晚他喝了許多酒，言行舉止瘋癲。難相信一週後他將拿獎學金，去史特拉斯堡攻讀天文學，這位發酒瘋的青年學人還曾在廚房裡跟我解釋過相對論。

你確定你可以騎車？

我打量維多，維多沒回答，一個勁哈哈傻笑。

我喝了酒——哈哈哈，維多轉頭問瑪兒，我還能騎車嗎？這問題真好笑。

波爾多夏夜溫暖宜人，我們穿便鞋短衫坐街邊喝冰啤酒。可當維多提問時，寒氣驟降，瑪兒看著他，冷酷，無情，今晚漫無目的遊蕩和酒水交際費耗盡她的包容心。

我聽不出哪裡好笑，瑪兒當著眾人面前訓維多。

維多吞嚥口水，動彈不得，然後以凍傷的神情，清醒過來。

瑪兒說波爾多曾在她兒時下過雪，細細的雪，地面僅結層薄冰。今晚該是波爾多第二場雪，不過，只飄落在維多身上。

話說完，瑪兒奔跑至對街查看門牌，叫車需要輸入地址，可我無法輸入酒吧地址，這兒算步行區。波爾多市中心幾乎全為步行區，除非我出城叫車，可這也行不通，我的手機倚賴酒吧網路。

瑪兒東張西望。那兒——，她指著對街說，那兒應該能讓車開進來。

順著她手指的方向，遠處似乎有條石板路，路的盡頭立著幾根能升降的金屬圓柱，沒錯，正是用來調節汽車進出的時間。

瑪兒和我意圖回家的心如此懇切，我們攜手清除所有阻擋返家路的障礙，而此時，義大利室友們仍忙著擁抱道別，東拉西扯。瑪兒熱心，喜歡照護弱小，活潑，講話渾厚有力，幾句話她就能消彌初次見面的生怯。她又機智靈敏，能迅速接話再起個俏皮開頭，在人群裡，自然而然由她領頭，可有時她卻難以捉摸，她心裡劃清界限，和她再親近也僅止於此，再往前，她就消失了。以為瑪兒喜歡熱鬧是誤會她，這晚我才明白她不愛交際，尤其面對生人，她同樣會手足無措。

可我該相信她嗎？我該信她真如她所說，臨時有事無法脫身？其實她壓根不願意送我這趟路吧。瑪兒早打定主意不會出現，只差個藉口？我收拾幾件帶不走的衣物，送到住處隔壁的愛心回收站，僅只度夏，竟也積聚許多。我盤算，到巴黎後還得再捨去。

回收中心舉辦拍賣會，女志工們忙著，被扔掉的舊鞋整齊排放於紙箱上，舊衣和舊書置於桌檯，期待能再次被人看中。

今天一早下起大雨，地面仍濕漉漉，拍賣會搭建的帆布帳棚，棚頂凹陷處水珠隨風吹滾，落在地面上。

不——我直覺瑪兒並非這樣的人。

雖然她老顯得不在乎，無所謂，總在開玩笑，她如果對你承諾，她的承諾像煙蒂將盡的殘煙若有似無，可正因如此，你知道她看重這些事，她不會出賣你，不會背叛你。恰恰相反，成天將諾言掛嘴邊，成天保證的，才該提防。

你忽然明白，並且選擇信任她了，你清楚就算她真動了違背的念頭，你會原諒她，因為她的好的本質並非如此。真舒服，你想明白後，你感到釋懷，坦然輕鬆。

這時，大門被推開了，先傳來小女孩嘰嘰喳喳嚼舌聲，接著是瑪兒回應。

我走出房門看著她們，妳們怎麼會回來？

瑪兒著急回答，小鴿子說她可以和我一起送你，你幾點要離開？跟我說你幾點要離開？

我說了時間。

行，瑪兒說，我們就在客廳。

我回到房間裡，重新將打包好的行李箱平放，從後背包摸出鑰匙，打開行李箱，翻出幾樣小東西：一張速寫，一顆種子，拿到客廳交給瑪兒跟小鴿子。

瑪兒跟小鴿子兩人正輕聲講話。

我心裡篤實，知道這確實是瑪兒，我知道她會來，就算她不來，她也是要來的。有些人真是如此，就算他們辜負了你，也是清清白白的辜負，你毫無埋怨。

能獲得贈禮小鴿子洋洋得意，我把她當成重要人物，感謝她願意跑這趟，她也開始看重自己。她問我種子的種法，我翻出說明書，正正經經向她解釋，先把種子浸水，底部朝下。該種在土裡或花盆裡？或許先種在盆裡，我回答，等長得夠大夠強壯，再挪到土裡，但最重要是，保持耐心。

瑪兒在旁邊聽我們談話，她很驕傲，好像我跟小鴿子是兩個有禮貌、文質彬彬的好孩子，將來都會很有出息。

我們該出發了，瑪兒說要去洗手間，可她心情激動，竟然弄錯方向，朝院子走去，走了幾步忽然醒悟，再折回頭。

我跟小鴿子笑她。我說如果瑪兒在院子裡尿尿，那就太噁爛了。

你不能說噁爛，小鴿子說，這字不文雅。

但你法文講得可以了，她補了一句。

我說謝謝。

怎樣，法國很美吧？

是，法國很美。

這兒的酒可是很有名，我們的紅酒，白酒，香檳酒……你會買些紀念品回去嗎？

會我會的，我說我打算買些巧克力，可能再帶瓶紅酒送人。

很好的決定，我們這兒的酒是最優秀的，我的侯貝叔叔說，就是在酒莊釀酒的侯貝叔叔，不是另外那個侯貝叔叔，那是大侯貝叔叔……夠啦——瑪兒從廁所出來打斷我們。

小鴿子還想講，這小女孩話說不完，瑪兒敷衍她，把我們趕上車。

我們在街口停紅燈，路人溫溫吞吞過馬路。

瑪兒咒罵幾句。

讓她這樣焦慮，我過意不去，想講幾句話緩和她的情緒，但實在不容易拿捏，開口便錯，好像他人為你著急，你卻說風涼話。小鴿子坐後座，問瑪兒街對面房屋外牆噴漆幾個大字，是什麼意思。瑪兒解釋河對岸達爾文區（Darwin）九月中辦演唱會。我聽著，心想這不關我的事，九月中我不在這了。

等路人全走過馬路，瑪兒換檔，現在她平靜了點。車站就在前方，剛剛瑪兒放棄抄捷徑，她說她寧願規矩走大馬路等紅路燈，她不冒險，現在不是冒險的時候。車子滑進車站地下停車場，這一路瑪兒開得急，她希望趕在我說的時間前抵達。

瑪兒將車停在入口柵欄前，伸手取票。

我們找到停車位，她幫我搬行李，我背起背包，小鴿子跟在我們身旁。

突然，我不想離開了。

真怪呀，我一直以為我想離開，我早準備妥當，打點好一切，心裡平平靜靜，可就在瑪兒俐落打開後車廂，搬出行李的瞬間，好像喀啦一聲同時也開啟我的某個開關。

忽然間，我期盼時間倒退，回到十分鐘前，那時我們在等紅路燈。

我完全清楚我要跟瑪兒說什麼。

我要跟她說沒關係的，讓那些人慢慢吞吞吧，慢吞吞地過馬路，如果因為這樣，我們太晚到車站，錯過火車，哪，也沒什麼，我們就去買點食物，晚上我們就在院子裡擺桌子，吃晚餐，聽聽音樂。反正我的房間就在那旁邊，就在那。

然而時間永遠無法倒回，這些話，理所當然永遠被錯失。

瑪兒拉下行李，幫忙我推到候車區，候車區坐著許多人。

牆上螢幕顯示班車時刻表，瑪兒讓我去看，我看了幾次，上面沒有我的車班，我從背包裡拿出車票，發現自己記錯時間，我的車班還要更晚。這下子我更抱歉，瑪兒開車時這麼急，還有小鴿子沒講完的，被扔在客廳的話語。瑪兒會不會以為我故意的呢？但我不是。有人會這樣想，但瑪兒沒有，我知道，我看得出來。

好啦瑪兒說，我們得走啦。

話才說完，她竟然哭了起來。

我上前擁抱她，鼓舞她，小鴿子也用她細短的手臂環抱我們。我們三人像一團纏繞打結的電線。

一會兒，我們分開，小鴿子上前握住我的手，她把我的手放在她掌心裡，像個使節般行正式的禮儀，然後她佯裝成熟，嚴肅地講幾句我聽不明白的話。

瑪兒白她一眼。

我不能留在這，不然我會一直哭，瑪兒說。

我說是，走吧，快走吧。

看著瑪兒跟小鴿子從來時的路離去，然後我隨便找個空位坐了。

我坐在那，覺得人空蕩蕩，腳踩著地，但我感覺不到重量。我想讓自己看清螢幕顯示的時刻表，可幾分鐘過去，我才發現我什麼也沒看懂。疲憊，疲累，我到哪兒去了？我只知道我並不傷心，我不傷心，都怪瑪兒的眼淚讓這整件事難熬。往往先流下眼淚，我們才跟著傷心。

重量

形狀不規則的巧克力糖球包裹在金色錫箔紙內，放在我的膝頭。除開這道金光，北上列車的二等車廂裡，所有東西看起來都像濛著淺灰色的塵霧——走道的地毯，稀稀落落上車的乘客們，和他們垂著腦袋，無精打采的神情。火車逐漸加速，駛離波爾多，下個停靠站將是利布爾納（Libourne），再來是安古蘭（Angouleme），普瓦提埃（Poitiers），最後將會抵達終點，巴黎東南邊的奧斯特莉絲車站（Gare d'Austerlitz）。外頭正飄著雨，雨絲急打車窗，化成一道道透明的斜線，可沒多久雲和雨即被遠遠拋下，露出藍天。

我們行駛於枯黃的早秋原野，遠方丘陵綿瓞，地平線盡頭浮現彩虹。

我伸手拿起一顆巧克力球，放進嘴裡，它在我的舌尖上融化，甜順的苦味，醇苦的甜味，滿溢在我的唇齒間。

巧克力被引進歐洲是西班牙船艦開拓新大陸時期的事。三百多年前，克里斯多福・哥倫布和其他開拓者指揮船員，將可可和蕃茄、馬鈴薯、玉米、菸草葉、白扁豆裝進加利翁帆船（galleon）船艙底層，從南美洲啟航。

「只消喝杯這珍貴的飲品，可讓一個男人整天行走，不用進食。」開拓者在向皇帝介紹巧克力時說。

錫箔紙內還有許多巧克力球，它們真美，彷彿是用深而沈靜的夜晚凝結而成。每一顆都獨一無二。

我把整張錫箔紙抓折起來，還給J。

「謝謝，」我說，「真好吃。」

「再吃顆，」J說，「這在奧地利買的呢。」

J用一種誠懇的語調和眼神和我說話，看著我。此時火車已開得飛快，佇立於鐵軌旁的電竿，被急駛的速度拉扯向後，變形扭曲，可事實上我知道改變的是我們，不斷向前跑動的是我們，不安於室的是我們。

我無法拒絕J。我把紙包放回膝上，重新打開，從裡面再撿了顆巧克力。某種緣由我不喜歡巧克力的味道，本能地排斥。照理說，平時的我肯定會拒絕她，連碰也不碰。要不是現在她真誠地要求我，她走過數節車廂才到我這兒來。而在一場分離後，現在的我正飄飄蕩蕩的，需要放進點什麼。

巧克力，或許這些小小的東西出現得正是時候。

有時我打從心底懷疑，世間一切都是安排好的。

前往巴黎的火車出發時間是四點，我弄錯時間，太早到車站了。瑪兒她們送我來，我再送走她們。

我坐在候車區的紅色塑膠皮椅等，呆望著眼前的班次螢幕表，身旁同樣在等車的旅客們，看來了無生氣，個個都像塑膠假人。

我決定找點事做。

我拉起行李向大廳走，在販賣亭前買了瓶水和三明治，一回頭，瞧見J就坐在過道的餐椅和人閒聊。她戴了頂黑色圓頂毛呢帽，身旁擺了兩件幾乎和坐著的她，等高的行李箱。

過去三個月來我們一塊兒上課，兩週前她結束課程，去義大利旅遊，我們最後碰面是在聖艾密里翁那天。可現在，我們竟然在即將告別波爾多的車站重逢，並且買了同一班去巴黎的火車票。

「剛我朝那走，我以為你的車廂在後頭，」J指著車廂內，相反的方向說。

她在走道另一邊的空位坐下來。這節車廂裡仍有許多空位。

我看見她來，簡單整理自己。

「我也以為，」我說，「我也搞錯了，原來一號在中間，車廂號碼愈往兩側愈大，我拖著行李朝那走，發現不對，又掉頭回來。」
「我看著你在月臺上走過來又走過去。」
「我累了。」
「噢，抱歉，」J說，「我的行李太重了。」
J向我道歉，是因為剛剛在月臺上，我先幫忙將她那兩箱大行李抬上車廂。我站在月臺將行李箱向上推，J在車門邊接。月臺和車廂間的高度超出我們預期。我使盡全力。之後，我才去找自己的座位。等我好不容易找到自己的車廂，再次試著抬起自己的行李時，我發現根本辦不到了。
幸虧有個男人在我身後幫了我一把。他們全家人在我後面等著上車。等我找到座位，坐下來，我已經精疲力竭，但我知道，我的疲憊，並不完全是那些笨重的行李箱造成的。
我又再拿了顆巧克力。
J開始說起她在義大利旅行發生的事。她講她去了幾個著名的美術館，可啥也沒看到，展品全被觀光人潮擋住了。倒是佛羅倫斯街頭四處可見的裸體雕像，給她頗強烈的震撼。過去有人跟她提到裸體，她總覺得骯髒，此時她明白骯髒的是她個人的思想。噢，還有，將近兩週沒講一句法語，憋死她了。義大利之行，沒料到她最大的收穫在於認清自己對法語的熱愛，這份忠實的熱愛超越做學問的意圖，她說，自己已經不再是為了在此地的生活做準備，而去學習法語，這是份純金的熱愛，她很欣慰自己體悟了這事。

J叨叨絮絮地講，她受過表演訓練，講話中氣十足。

「我在義大利遇到件怪事，」她說，「你知道班上有位同學，保羅？」

我搖搖頭，不認得這人。我開課的時間比J晚上三個月，或許他是在這之前的學生。

「反正我對他的印象不大好，之前還行，覺得他像位紳士，有禮貌，直到有次上課講到尊重女性，我就說到臺灣有個小妹妹自殺，因為她走不出被老師誘姦的陰影，結果保羅說，可能那女孩也有責任，她自己行為不知道怎麼樣？從此我對他沒好感。會和他打上照面的場合我就避開，上課時我也不坐他附近，他只上兩週，他走的時候我什麼也沒跟他說。結果，你猜怎麼著，我在義大利竟然就遇到他，還遇了三次。」J說。

「第一次在烏非茲美術館，我在裡面，老遠就看到有個人背影跟他挺像，高高的，肩膀特寬，我心想，不會吧，我特意慢慢走，這男人身旁還搭了個女的，兩人勾著手。」

「他沒看見妳？」我說。

「前兩次沒有，」J說，「我在美術館出口又遇到他，他站在那，我拉低帽子，哪，就我頭上這頂，快步走出去。」

「真是幸好。」

「才不呢，隔天就遇上啦，隔天我去領主廣場（Piazza della Signoria），他和他老婆竟然也在那。他向我介紹身旁那女的是他老婆，他上課時從沒提過他有老婆。我想裝作沒看見他們，卻被他瞧見了，他叫我，只好跟他講了幾句。」

Ｊ講得生起氣來，這麼不想見到的人，偏偏就遇上了。坐在Ｊ前方一個座位的乘客，正帶著耳機看網路頻道。她略微回頭，用眼角狠狠地望了我們一眼，似乎覺得Ｊ講話的聲量打擾到她，於是我和Ｊ不說話。

「你再吃塊吧，」一會兒，Ｊ說。

「好。」我說。

我再拿了一塊巧克力。Ｊ接回糖果紙包，站起身。

「咱們巴黎見，」臨走前她說，「月臺上等。」

「好的。」

她踏著高跟鞋回她的車廂去了。

我很高興Ｊ說她要回去了，可我也很高興她過來。

我真矛盾。

聽她講話，那些字，那些句子，巧克力，還有她高興或不高興的情緒，好像具備幾公克、幾公克的重量，在我聽著的同時，重量把我帶下來，我可以感受到自己的雙腳緩慢地踏上地面。她講述的事，說實話，我應付她，什麼也沒聽進去，可我聽進了言談間的日常氣息。

火車抵達巴黎時是晚上九點。巴黎下起大雨。我拖著行李走到她身旁，她身邊站著一個年輕男人。年輕人一手拉著J的行李，另一手掛著J的提袋，滿臉笑容，客氣過了頭。

J跟我介紹說他們在車上認識的，這年輕人真好，幫她搬行李，是個好心的人。我向這位好心人點點頭，他也回我。他說他得換乘 RER，不過能送我們到地鐵站入口。

我們三人走出車站，奧茲特莉絲車站的外牆塗漆冒險水手 Corto Maltese 的漫畫。幾人站在牆邊抽菸。我們儘量沿著廊簷走，雨水不時撲打到我們身上，我想撐傘，可空不出手。巴黎入秋，寒意甚深。

好心人抬著行李爬上階梯，我看他氣喘吁吁。

「重嗎？」我問他。

「不會——」他說。

我們在地鐵入口向他道謝，他匆匆忙忙走了。

我必須去買張車票，可機器票口前排了許多人，我轉到人工售票口，但櫃檯裡的職員拒絕我，買一張單程票他們不能讓我刷卡，我只得再回去排隊。然後我們開始在地鐵站裡上上下下地搬行李，幾次都有人伸手幫忙，J喊了幾回說，下次不買這麼多了。她剛淋了點雨，現在又扛行李，但她看來仍是淑女模樣，長髮服服貼貼，毛呢小圓帽仍穩妥地立在頭上。

我們好不容易將行李都搬進車廂，自己也上了車，J就癱坐在門邊翻折下來的疊椅上，沒力氣再多走一步。我還能往裡面多滑了個座位，車廂裡空空落落，不知是因為是星期天的夜晚？還是這場低溫雨？今夜巴黎寂寥。

我們看著彼此喘著氣，突然覺得好笑。

「這一切肯定都安排好的，」J說，「還好你出現，不然我一個人，哪有可能應付這些幾千公斤的行李。」

是啊，我在心裡感謝，還好你出現。

「你相信嗎？」她問，「一切都早有安排的。」

是，我相信，但我向來嘴硬。

於是我玩笑地說，「那怎麼會輪到我呢？也該排個更強壯的人來扛箱子才對呀。」

輯三　記得下週不見

了不起的街頭藝人

巴賽隆納的蘭布拉大道（La Rambla）是條奇幻之路。鬼魅的女孩穿著大蓬裙，撐著蕾絲布邊洋傘，在路旁不停搖擺身軀、惡魔長著蝙蝠翅膀朝你張揚舞爪、全身上了金漆的怪老人，一動也不動坐在立竿上沈思、無頭業務員，身旁破舊的皮箱裡不知賣什麼玩意……

到觀光區，除了看景點，買紀念品，還有個樂趣是街頭藝人。

遊客們上前合照，大膽調皮點的會逗弄表演者，突然，這些活人雕像伸出手緊緊逮住好奇的觀光客，嚇得他們哇哇大叫，落荒而逃，惹得圍觀看熱鬧的遊人一陣好笑。

在巴黎蒙馬特假日市集，賣藝的畫人拿畫板追著遊客跑。他們逮到你，把過往的作品一股腦塞到你面前，讓你知道再複雜的人也能被他收服，變換成幾筆線條。

「替自己留個紀念吧——」他們喊。

你好聲拒絕他們，快步離開，畫人垂下手臂，然而低潮不過幾秒，一抬頭他又鎖定新對象，又再上前攤開他的畫作，總有人會賞識他的才藝吧。

音樂演奏者更是四處可見，一個人或一個樂團，在車站、地鐵列車上、露天咖啡座旁。他們多有相當的水準，讓你覺得滿心愉悅，走在巴黎街頭隨時能聽到音樂實在是件愉快的事。

可最讓我印象深刻的音樂演奏者在巴士底廣場。

在史特拉汶斯基噴泉池邊（La Place Igor-Stravinsky），或假日的巴士底廣場上，在那兒你必定會瞧見一位邋遢的老嫗。這婦人披頭散髮，拉著像二胡之類的樂器，大約也是從哪撿來的。她坐在地上賣力拉，那根本稱不上是演奏，頂多是弓與弦發出的怪腔怪調，實在驚悚。

不過這老嫗拉得倒是起勁，音量又大，第一次到巴黎時我遇過她幾次，每次看到她心裡總是很矛盾，覺得她真煞風景，一方面又對她有些同情。

那時我和同伴在噴泉旁，一個男人騎著腳踏車經過，見我們站在那看著，以為我們同路。

他在我們身後停下車，說，「真難聽，這種人怎麼會在這。」

誰知我同伴個性耿直。

「為什麼她不可以在這裡？」她問，「你又會拉琴？」

男人碰一鼻子灰，悻悻然離去。

時隔三年，我有幸再次來到龐畢度中心，我們走到水池邊，我還在回味身旁讓人懷念的一切時，沒想到，一轉頭竟又瞧見這位老嫗。她就坐龐畢度外露的大金屬管下方，竟然絲毫沒有改變！

她沒有變得更蒼老，也沒有更整潔或更污穢，仍是那身黑衣，坐擁一堆破銅爛鐵，賣力拉著同樣荒腔走板的曲調——完完全全沒有變調的荒腔走板。

這次我看了忍不住驚呼，心裡實在高興。能親眼見證她在巴黎生活下來，找到屬於自己的角落，真讓人欣慰，這可有多難！然而我明白，心中更有說不出的感動，來自無常流轉，人世間竟然還能存在這樣一絲一縷的不變，哎，多珍貴呢。

這位老嫗應當想不到，自己有一天竟會成為鼓舞人心的象徵。或許來年有機會再見到她，我會試著鼓起勇氣，上前給她點賞錢吧。

夏初，我和同伴在法蘭克福閒晃。這個城市的觀光評價一般，比起歐洲數不清名列文化遺產的古城，法蘭克福被認定是個出差轉機的城市，市區觀光一日便可以結束。

那天我們走到著名的羅馬人廣場（Römerberg），穿過拱形走道，在附近發現一座小公園，便停下腳在那歇息。公園裡有座半身青銅像，我正想上前仔細瞧瞧，卻看見樹林後躲著一個人，身著白衣，在那兒捧著小鏡子化妝，準備穿戴的道具擺在他身旁。

我這才意識到，是啊，不管是撒旦或是仙后，沒人真能從住處飛來，更別說背對大翅膀或舉著火炬搭公車吧。

這些賣藝人都在哪準備，又在哪休息呢？

恐怕就像這樣，躲在某處樹下，千萬別讓人瞧見了。上妝時他們一一抹去自己，變身成娛樂他人的角色。

在波蘭克拉科夫我參觀猶太人區。從住處搭電車，繞著環形公園，直到公園另一頭下車，從那開始步行。天熱，我走在陰涼處，目的地在城的北邊，我順著人行道走，漸漸走出遊客群集的市區。

然後在一個路口，我瞧見一位老婦人，披著布衫，倒臥在路旁，全身顫抖不停。她面前放個小碗。我經過她，向前走了幾步，又調個頭回來，從口袋裡掏出所有的銅板，丟進碗裡。

從市中心步行約二十分鐘可以走到猶太區，這區保留了當時街廓的樣貌，仍有幾間猶太餐廳和一座猶太墓園。墓園外觀光列車排班，我上前詢問價錢，含導覽解說的遊城之旅竟然約要一百茲羅提，實在不便宜。

我決定自己走走，花個五茲羅提買張票到墓園轉一圈。墓園入口處的長桌上擺了供人穿戴的布巾和小圓帽，裡頭雜草叢生，豎立高低不同的石碑，幾個猶太男人，帶著妻女，在某座碑前低頭祈禱。

之後我依循原路回程，走過維斯瓦河（Wisla），河水碧綠，河上舟行處處，市街兩旁有些紀念品店。

然後，在進城前，我又遇上那位吉普賽老婦。要不是再次看到她，我壓根忘記這人了。就在同一處的人行道上，街燈旁，她仍是那身打扮，只不過這次她站著，四處撿拾，她彎腰，行走，身手敏捷俐落，全身上下沒有哪裡抽搐，連一根指頭上的一根汗毛都沒有。

可惡，上當了，我心想，頗為不快。

但一轉念又不得不佩服她——幾枚銅板是值得了，眼前真是演技精湛的街頭藝人啊。

2016
0905
Saint michel

偏見的、太偏見的

出地鐵站的廣場中央立著石柱，柱臺上掛滿時鐘。扭曲變形，大大小小的鐘，指向相異的時間。

女孩靠坐柱下，頭戴耳機，眼神望向無處。

人潮從地鐵站湧出後迅速流散了，匆促急忙，而我也在其中。

廣場上的裝置藝術品和坐那兒的女孩引起我的興趣，可我趕時間，只舉起手機拍了張照便快步離去。

九區，巴黎，購物商場林立，座落奧斯曼大道（Boulevard Haussmann）的百貨老店，商品品牌依等級類別分置各樓內，樓間通道相連，不論從哪個入口進，都能在樓房與樓房間穿梭。這事我後來才知道。

從大門入內是玄關，接著一道內門，我走進去，制服保全守在那，他攔下我。

——要檢查包包。

我拉開背包拉鍊給他瞧，裡頭沒什麼，眼鏡、筆記本、平板電腦、外套……他揮揮手趕我進去，眼珠向上翻，表情好像反倒是我麻煩他看看我帶了什麼。

我問他，我要找的牌子是不是在這棟樓內？他說不是，要我出門再轉路底走，我只好再走出大門，再從另一門進入，再讓人翻一次包包。

他們想怎樣做都好，這些人，我沒有不快，只期盼儘快處理完被交辦的事，儘快離開，反正我也不喜歡這裡。

來巴黎幾趟，只有第一次我們還挺天真，還是觀光客的心情時，特意到奧斯曼大道轉轉。我們走進大街後方的小巷裡，高樓遮去日光，幾處樓面施工，架起鷹架，人們低頭穿梭：為了上巴黎而刻意打扮的高調遊客；一人貼緊一人，雙手護著胸前的包包，神情像落水小雞般膽怯的觀光團；躲避巷內抽菸的上班男女，制服和濃妝遮掩不了他們對工作的無趣與倦怠。

在這之前我們還逛了香榭大道，那兒的氣氛和此地相去不遠，或許，這裡和世界上所有大都市最繁華最熱鬧的商業區都相去不遠。

如此一說，你應該寬心，不用為自己無法到其他大都市而喟嘆：你走過這樣一條街，你已走遍全世界的購物大街了。

百貨公司裡清潔明亮。

米色拋光地磚，我的膠底布鞋走在上面，發出吱嘎聲。

走道兩旁的櫃位擺了什麼，我瞧也沒瞧，從樓層說明板上我看到尋找的品牌，在地下一樓。我穿過樓面中的小空橋，搭手扶梯下樓。

精品賣場就在手扶梯幾步路處，穿著自家筆挺制服的女店員，手捧平板電腦站在門口，為上門顧客提供首輪的引導。告訴她你的需求，她修長的手指會在平板電腦上彈跳滑移，即刻跟你回報店內庫存，然後安排專門銷售員為你服務。

我也拿出我的平板電腦，給她看三款提包照片跟型號。

她查了查說，「都賣光了。」

早料到如此，我和委託代購的友人預先列了更多備選。

我讓她看第四款，一只小巧玲瓏，可換置肩帶的商標印花提包，這下終於有了。

女店員替我找來銷售員，又急忙回門口站崗。

今天為我服務的銷售員是位男士，他身穿暗藍色西裝，剪裁合身，微捲的褐色短髮參雜銀絲，略高我一些，不知是他那雙圓眼，還是他愉快的心情，他像佯裝正經的卡通人物。

男士先生面帶微笑向我走來，我用法文向他問好，然後告知我的需求。

但我面無表情，我對他充滿敵意。

不僅如此，我對他和這整間精品店，佔滿街區的百貨公司，甚至整條奧斯曼大道所代表的奢侈消費經濟都充滿敵意。我肯定他們全都勢利冷血，眼見只有紙幣，評斷人的標準以其身上行頭、信用卡顏色、簽帳額度——以至於我像是套著盔甲來這迎戰。

這是偏見，還是正義感？

男士先生沈著，他再次跟我確認我要的款式，然後遁入櫃檯後方的隱藏門內，沒多久他拎著印有商標的束口布袋出來。

他把布袋放在我倆之間的玻璃櫃上，拉開，像變戲法般輕巧地拿出提包。然後他打開它，讓我看看內裡，同時取出放在包內的皮帶，他的手指撫過皮帶邊緣，順勢摸上提包兩側釦環，再用指尖撥開皮帶兩端的金屬舌勾，用手指壓緊，我幾乎誤以為自己聽到皮帶勾上扣環，舌片輕敲時，發出滿足的——咖啦——聲。

「這款包包還可以側背，」他向我介紹。

我點頭。

「一切都行？」他問，「您還滿意嗎？」

「都好，」我答，但其實我壓根不在意，反正我也只是代購，一心想結帳了事。

終於我們講到退稅手續。男士先生說，申請退稅需要我的護照。

我試著不動聲色說沒帶護照，心裡卻覺得自己真糗，真是新手裝腔，哎，但我可不想還得再跑來這裡一趟啊。

「或是您有護照影本？照片？」他問。

「照片？」

「是，您可以連上我們店內網路，我們幫您印出來。」

我想起我的平板裡或許有，我拿出它，找到護照照片。然而我試了老半天，怎樣也連不上網路。

男士先生在一旁等著，看我屢試不成。

「有了！」

他靈機一動，讓我把平板放在桌上，從口袋裡掏出一隻稱得上是古董的掀蓋小手機，對著我的平板電腦按了兩下，再把他手機中翻拍的相片傳至印表機。

我很懷疑這樣的列印品質，可他從櫃檯後方小門走出來時，卻拿著清晰的我的護照影本，彩色的。

不過，儘管他這樣熱心友善，就算他在我填會員表時誇了我句「您法文講的不錯」，我也只是禮貌性抬了抬嘴角。在這裡我真不自在，多半因為我的帆布背包和休閒鞋，我穿著T恤素顏而來。

終於一切手續處理完，只差下樓退稅，我真想飛奔出這間精品店的挑高大門。可這位從頭到尾都帶著笑意的男士先生，像看透我的心思似的，偏偏可惡地慢條斯理。他非但沒有立即把提包收回布袋內，放我離開，竟然還一派陶醉，反問起我問題。

他望著玻璃臺上的提包，接著看看我。

「您瞧，」他讚嘆道，「這包包，它是不是很美呢？」

此行我在巴黎稍停，每日東奔西跑，忙著跟人碰面與採買。晚上回到家我已精疲力竭，和結束一天工作，嗜吃沙威瑪的壯漢一起晚餐。他問我白天行程，我告訴他。

「我去幫人買了個包包，」我說。

然後我告訴他這個名牌包的價錢。他聽了咋舌。

飯後我們看影片。半夜，我準備回房就寢。就在要關上房門前，壯漢坐沙發上，他探頭，小心翼翼問我。

「如果你那個包包還沒打包進行李，」他說，「不會太麻煩的話，能不能讓我瞧瞧？」

我從行李箱翻出布袋，還有裝在布袋外的橙黃紙袋，寶藍色織布提帶，紙袋上燙金商標，以及收妥於信封內的購買證明。

沙威瑪壯漢估計不到一百歐元，每日上班背身後的背包扔在地上，就在我拿出精品包的行李箱旁。我們倆在沙發上坐定，我把提包放上茶几，客廳燈光昏暗，電視不斷發出銀白的閃光。我們盯著提包看。

他忍不住了，伸手拿起提包，翻來轉去，又放回茶几上。

「就這東西差不多要我一個月薪水噢？」

我完全理解他，我自己也不大明白箇中道理。

可我不願讓整件事看起來既功利又一無是處。

「他們可是替法國帶進不少收入呢，」我說，「百貨公司裡都是亞洲人和東歐人。」

壯漢聽了點點頭，心裡似乎舒坦了點。

隔了幾天，守門的菜鳥職員換了人，但照樣用平板電腦替我查詢商品。

我又站在同一間精品店大門前。

以為苦差事結束，免再上購物區，此時明瞭世事正如斯：你愈抗拒的，肯定愈會找上門來，直到你學會接受為止。

另位友人同時託我買女用長夾。照例，我請她多挑幾個款式，先從網路上存好照片及型號，就在前天買完提包，我向男士先生詢問皮夾，我給他資料，他查了查，告訴我都賣完了，因為那些都是舊款式。

「這款呢？這款也挺好看，」他向我展示最新款式的圖片。

「噢，不，」我毫不客氣地把圖片退給他，「這與我的喜好無關，幫朋友代買而已。」

「這樣啊——」

他沒說什麼，只是微笑，收回圖片，繼續幫我處理提包結帳。

當晚我發訊息給友人，告訴她皮夾售罄，任務結束，便覺無事身輕，安心上床睡覺去。可我想我要不是過分天真，要不就是嚴重低估了女人和皮包間的宿命糾葛。隔天一早我回收到更多的皮夾圖片與型號。

年輕女職員領我進店內，找來售貨員，我們進行相同的購物流程，差別只在於今早店內滿是顧客，新手女店員肯定費了番工夫，才從櫃檯後方的隱藏房間裡請出一位女士。

今天這位女士售貨員，她同樣身著合身西裝式制服，窄裙下身，顯露出法國女人修美的雙腿，以及有了年紀仍不走樣的勻纖身型。短髮，高聳的前額劉海，髮質乾澀，鼻翼兩側深刻的法令紋，就算她咧開嘴笑，那紋路仍然明顯，像是用膠水固定了。

我告訴她我要的皮夾型號，「賣完了，」她說。

話音還沒落地，她已有答案。

然後她一口氣吐出連串分店名，想打發我去別處找。

「——等等——」我打斷她。我可不想再跑什麼分店。

幸好我還有其他備選型號，她輸入某款，告訴我說，有。她笑著，大咧咧笑著，但她的笑容像誇張的黑洞。

「好，就這款吧。」我說。

女士消失在隱藏門後的房間內，旋即回來，手上捧著紙盒。她給我看皮夾，同樣要我填資料，但她不像男士先生是問過我代填，而是把表格丟給我，有些問題我不確定，只好再問她。她把自己晾在一旁，要不是她身穿制服而我有信用卡，恐怕她連正眼也不會看我，更別說還要跟我這外國人講解法文單字。

而偏偏就在這時，一對中國夫妻走到我們旁邊。說巧不巧，這兩人走到女士身旁，也問她問題，但他們和我不同——他們竟然用中文問她？

這對中國夫妻，你瞄一眼就清楚他們怎麼回事。兩中年人，圓鼓鼓的身上綜合各種和他們黝黑的膚色及素樸的臉，毫不搭調的名牌。太太馬尾紮在腦後，微駝著背，我沒看見他們的雙手，但我知道那絕對是雙因勞動而厚實租短的手，手墊上或許還生著厚繭。

太太像拿蔥般抓了條皮帶，一開口，是帶著鄉音的普通話。這些一下子有了太多太多錢的老實人，你要他們怎麼辨呢？什麼也不懂，甚至連買東西也不懂得買。

「這是給男人用的皮帶嗎？」她問，慌慌張張。

然而出乎我意料，女士連轉頭過去看也沒看他們，竟然就用中文回答他們。

「沒有啦！」她大聲說，「沒──有──了──啦──！」

她拖長的「啦」音，那口氣還真是到位。

這對夫妻被這麼氣憤的一喊，更不知所措，呆杵一旁。

「不是的，」我真訝異，只好用法文翻譯了他們的問題，解釋給女士聽。

女士聽完，平靜了點，「哦，男士皮帶在二樓。」

我告訴這對夫妻，他們道謝，上樓去了。

我繼續填資料。

女士仍站在旁邊。

「您會說中文？」我問她。

「只會這一句。」

然後她用中文大聲說，「沒有啦！通——通——沒有啦——！」

我忍不住笑了。

「您這句講得挺好。」我說。

就在這剎那，我看見她刻畫臉上的面具笑容融化了，她的臉看起來溫和些。在她紓解的嘴角邊，似乎殘留著無奈。可想見在今天之前，多少中國好人踏進店鋪大門，湧向玻璃櫃檯，搶抓他們目光所及的皮包、飾品、領巾、香水……。財富來得又快又猛，假若宇宙真有主宰，那祂也真夠頑皮了，給了尚未具備鑑賞力的人們大把鈔票，然後把以美為信仰的人民抓來當銷售員。喜劇？悲劇？還只一場人間鬧劇？

一會兒，店內亂哄哄，來了整團旅行團，銷售員們在店內忙進忙出，客人胡竄，貨架上的新包款一一被掃下。

我等著女士在隱藏門後替我包裝皮夾。一會兒，她拎著商標紙袋出來，就在交到我手上時，甚至或許在交到我手上前幾秒，她已脫口道別。

「可以打開確認嗎？」我逮住她轉身前的秒差。

想到前天就在相同的側門口，紳士先生把提袋交到我手中，我掉頭便要走，他輕聲說：您不再檢查一次？

「當然行，」女士咧開嘴笑著說。

她又把面具戴回去了。

我穿著連鎖店成衣跟超市買來的外套，布鞋，在高檔精品店裡，不疾不徐地檢查。女士等著，我知道她巴不得我即刻消失，正如前天我來到這時，一心只想脫身。

多諷刺啊。

我的偏見真是正確無誤，完全在她身上得到驗證，可此時我對她和她象徵的全部，已無任何批判，取而代之是無盡同情。甚至更因著她，我明瞭自己的偏見在先前的男士先生身上，的確是大大偏移了。前天男士先生送我到門口時，仔細跟我說明，出了門要左轉，往下層樓便能辦退稅，而且「您無需擔心，那兒服務員都會說中文。」可彼時我只想走，潦草謝過他。

最後他似乎像在鼓勵我拿出點自信心般那樣說道，「下次您來時，不妨考慮也替您自己帶點什麼吧，像是，一瓶香水？」

男士先生這推銷話術說得彷彿春風那般輕快，我走遠了，但他語帶芬芳，飄散在這整座只談買賣的大樓裡。

記得下週不見

就是在午餐後我發現了蓋雅的畫室。玻璃櫥窗裡擺了幾尊樸拙的小泥偶，一看就出自沒規矩之手，這兒肯定不是標榜升學的美術補習班，老師跟學生不以追求高超技巧為目標。任性教室。

我撕下門口的招生傳單。今天中午我在舊城區內閒晃，扮觀光客。來波爾多好一陣子，忙著上課，我還沒真正瞧瞧這座城市哩。

蓋雅的畫室位在聖艾洛伊城門（Porte Saint-Éloi）邊，中間隔著石板小徑。奠基於十三世紀的城門位在聖詹姆士街（rue Saint-James）南端，當年為保護聖艾洛伊教堂和市府官邸而建。中世紀以來便現身波爾多市徽上的城門，十六世紀，亨利二世在上面懸掛一口大鐘。鐘外，典雅的花飾圍欄則鍛造於十八世紀。從這兒，沿著舊城牆遺址，馬賽克設計師 Danielle Justes 用花崗岩和不鏽鋼鋪出的路，條紋設計，充滿躍動感，走在上面你會覺得自己充滿衝刺的力量。如同接力賽交棒般的建築工程，跑了八百年，成就和美感的獎牌，我著實認為，應該掛在每位參與者胸前。

根據《波爾多景點 101》這本書介紹，城門呈現後哥特式風格——厚實的鐘樓造型，兩旁圓胖的雙塔，像兩支倒過來放的甜筒，又像擁抱起來很舒服的媽媽的腰圍。

我曾經站在對街路口，嘗試畫下這座鐘樓。在巴黎市政廳對街我也試圖做過同樣的事，忽視熙來攘往的人群，車潮，噪音，面對一幢繁複的建物，挑戰它。可惜失敗居多。太難了。你得把眼前雄偉的建築縮小到七十二開筆記紙上，你要忠實，要平心靜氣，要像熱戀中的情人，眼中只有被描畫的對象那樣投入。

很多時候我最後只是把筆一扔。

蓋雅在我看來大約五十上下。但她的人生歷練肯定遠大於此。我們第一次見面是在她的工作坊，依照我在網路上查得的資料，獲知每週三晚，畫室會請模特兒，讓大家習畫。

週三法文課後我匆匆趕抵畫室，時間遲了，心裡非常忐忑。畫人體的練習，如果你參與過，你會知道這活動具有私密性，甚至有那麼點奉獻的意味，高高在上的展示臺如同祭壇，好像模特兒把自己當成完全順從命運的羔羊，獻祭給畫者跟他筆下的創作。

所以囉，尊重祭品的第一步就是準時——畢竟人家脫個精光，他人進進出出，走動時還會送點風，難保身心不會感冒。

可這次我遲到了。

難為情地推開門，我預期自己會見到一群埋頭苦畫的愛好者，以及臺上暫時抽離自我，眼神渙散的模特兒。我會低著頭溜進角落，口中喃喃抱歉，然後趕忙從筆袋裡搜出鉛筆，趕快用筆尖的石墨在白紙上摩擦出黑色線條——

結果我推開門，畫室裡空空蕩蕩。

畫具堆放在角落，牆上張貼學生習作。因結紮而身材走樣的白毛老狗趴在一個紅髮女人腳邊。這女人坐在面牆的舊木桌前，似乎正在計算什麼。此人正是蓋雅。

她看著我，我也望向她，彼此都很訝異。

我向她說明來意。

「這樣子啊，」她解釋，「許多人都不能來，我們取消今晚的人體練習了。」

然後她向我道歉，說沒把暫時停課的消息放在網路上，並希望我不是從太遠的地方來。

不，不，我回她，不但不遠，幸好今天取消了，不然我還真不好意思自己遲到。

這下我鬆了口氣。

接著我們談費用，畫者需要準備的材料，畫室工具，還有練習的日期。畫室開放到八月中，這表示順利的話，到八月中之前我也只能畫三次。再來就是法國人期待的長假。

儘管聽到蓋雅這樣說讓我有點憾恨，但基本上，關於法國人以月為單位的夏日假期，我已了然於心。

在蓋雅之前，自六月踏進波爾多起，我就不停地在尋找能習畫的地方。從網路上我查到幾間畫室，發信詢問，得到的答覆一律是他們準備關門度假去。我找到一間靜坐中心，興沖沖去坐上一回，離開時工作人員說，本日是夏天最後一個開放日，再見是秋。

這些法國人，真是的！

踏出平靜的靜坐道場我心情波瀾起伏。可再一想，自己實在沒資格抱怨他們，我不也是翹了三個月的正規生活來此？

「也只能這樣，」我回覆蓋雅，「三次就三次吧。」

我算了三週的費用給她。

離開前我問她該怎麼稱呼呢？

她側著頭思索了一下。

「叫我蓋雅，」她說，「Gaya。大地之母。」

她微微笑，紫黑的眼線沿著眼廓，類似野生的爬藤類植物朝四周蔓延，好像她生來就長了比其他人更黑暗的眼窩。

首週週三，我踏上馬賽克步道，穿越城門，提早幾分鐘抵達畫室。

蓋雅站在門口，手夾著菸，正和幾位畫友閒談。

幾人已在畫室裡擺定畫架，室內左側有張長桌，幾位畫友選擇坐長桌後方。我拿起畫板跟金屬夾，蓋雅讓我把通往後方房間的門關上，以免被她趕到隔壁去的老狗，整晚會在兩個房間內像夢遊症患者般不停來回穿梭。

模特兒站到臺上了。
一位妙齡女子，二十出頭，肌膚粉白，金髮，身軀高長，卻有小巧的頭顱。幾位畫友應是常來，他們彼此熟識，模特兒輕鬆地把衣服剝掉。
當晚有十多位畫友，每人風格跟技法全然不同。蓋雅自己也坐前門邊畫，她拉妥窗簾，設定鬧鈴。蓋雅用鮮紅色蠟筆。
我第一次畫西方模特兒，和東方人相異的身材比例，我打量了一會。不過，如果你畫進去了，其實差別不大，都是輪廓、形體、光跟陰影。
鬧鈴響起——
模特兒換姿勢。蓋雅順便講了幾句，大約是這位小姐拿到機會，要去外地就業或讀書。我聽力差，一知半解。幾位畫友恭賀她，向她提問，女孩回答，一邊變換姿勢。
中場休息時有人把房門開了縫隙，老狗用鼻尖推頂，竄到這兒來。面對模特兒的大長桌擺上冰透的白酒和花生米、堅果。他們也倒了杯酒給我。沒人對於我在場感到意外，可能蓋雅向他們先提過。大家閒聊，都在談假期的規劃，也有人問模特兒她的新發展。有位女士來找我聊，她問我來波爾多做什麼，然後她告訴我她也教過法文，在專收日本人的學校。

我們聊到日本人的發音困難。

我問她常來這嗎？

「不，我第一次來，」她說，「我先生常來。」

原來她先生正是早早就用畫本佔好座位，在模特兒左側的中年胖男人。

第二週，我分秒不差地抵達畫室。

這天除我之外，已有兩位畫友在準備了，可我環顧四周，也就只有這兩位。今晚畫室和上週相比，我得把老狗推走才能擠到一個門邊的角落，簡直像兩間教室。

「今晚人不多，大家都放假了，」蓋雅說。

她看見我來，熱切地來招呼。她又講了一些話，說，為何誰不來，誰去哪，這時，我差強人意的法文程度似乎聽到她說了一句話。我目瞪口呆。

儘管我努力隱藏，可蓋雅還是發現了。我的表情肯定像看見恐怖電影，並且是關鍵時刻，面具兇手高高舉起刀來的那一幕——天哪，我幾乎想矇起眼睛，但我以最快的速度隱藏惶恐，保持禮貌，裝作若無其事。

蓋雅說：「今晚那位模特兒也不能來，所以囉，由我上。」又說：「有時我也會當模特兒，擺擺姿勢，我還挺喜歡做這事。」

她吸了一口手裡夾的電子菸，吐出濃濃的煙霧。草莓口味。

由眼角餘光我看見正在架畫具的其他兩位畫友，他們的臉透露出他們早知情。只有我，外國人，自己上門的，弄不清楚狀況。他們看我的眼光帶著憐憫。

同年在巴黎，我也去了大茅屋（Grande-Chaumiére）畫室畫畫。

傳奇大茅屋，二十世紀大藝術家的固定畫室，包括常玉，包括畢卡索。沒想到也有這麼一天，我也能坐在畫室裡，撇上兩撇。全然朝聖的心情。大茅屋畫室的座椅以前臺為圓心擺設成半弧形，向外輻射，逐漸升高，最後一排靠牆壁的座位高高在上，像表演區通常最便宜的座位，靠近舞臺的搖滾區畫者則坐小板凳，目光平視的角度，直達模特兒腳踝。

H去過大茅屋幾次。她替我備好票券，入場習畫一個時段收一張票，或可付現，二十歐元。第一節休息時，同在現場習畫的亞裔工讀生會捧著餅乾盒，兜轉著向畫者們收費。

去畫室前一晚，巴黎壯漢——熱愛沙威瑪，只看漫畫書的壯漢——為我獻上祝福。

「祝福你明天的模特兒，是位身材可比法國小姐的年輕小妞。」

我微笑收妥他的祝福，心想，這恐怕是他本人的願望吧。

據說沙威瑪先生曾在H慫恿（或要脅）之下，必須提升文藝氣質，也帶了紙筆去畫室。他倆千挑百選了個好日子。沙威瑪先生聽H描述過，大茅屋隨機輪替的模特兒不論男女，年輕、專業、秀麗，讓人滿心期待。

沒想到畫畫當天，站上畫臺的卻是位老太婆。

據說Ｈ對奶奶級模特兒欽佩不已，打從心底佩服她敢自我展現的勇氣。

沙威瑪先生在場則一個字也沒吭。

後來他們把各自當天的畫作向我展示。Ｈ畫如其人，線條剛硬，每一筆都吐露出她對此事的認真態度，以及她本人的剛毅性格。沙威瑪先生完全相反，從未受過任何繪畫訓練，畫作竟特別風趣。開始他還老實畫了幾張，可後來畫紙上呈現的內容完全脫離現實，根本就是把臺上的裸體奶奶當參考範本，畫起自己編的幽默漫畫。

又聽說那天大茅屋某個角落不時傳來輕笑聲，沙威瑪先生最後似乎完全進入自己的想像，畫起奶奶對戰金剛之類的怪東西。

隔天，幸運或詛咒，沙威瑪先生的祝福竟然成真。

一位身材比例近乎古典希臘雕像的妙齡女子，站上大茅屋畫臺。

陽光從畫室的玻璃屋頂灑入，模特兒渾然天成，隨意用手抓起長髮，看似不經心地以髮夾夾攏。我看在眼裡，心生懷疑——必須經過多少次練習和盤算，才能夾得看似自然卻有造型，還能突顯個人玲瓏的五官？

這位模特兒實在巧奪天工，可我反而心生恐懼，像攤開空白的進口高級畫紙，害怕自己第一筆就是破壞。比起來，畫個身材走樣的模特兒或日常空間，反而沒壓力，反正對象本來就有瑕疵，畫得不怎麼樣也理直氣壯嘛。

但如果模特兒是位打過照面，你們知道彼此，可又稱不上熟識的半老徐娘？就好比經常光顧的早餐店老闆娘。身前總圍著方格圍裙，衛生口罩遮住她大半張臉，頭髮用蟑螂夾固定在腦勺。你們點頭招呼。某天她忽然在找錢給你的同時，握住你的手，欲言又止，似乎想向你坦白她的內心。

蓋雅脫掉披在身上的布袍，坐到由木桌堆起的畫臺，臺上放置靠墊。蓋雅擺了第一個姿勢。她手指仍夾著電子菸，化工水果香甜甜地瀰漫工作室。年紀跟她相彷的女畫友將畫架放在蓋雅正對面，女畫友邊畫邊同她閒談，蓋雅側躺，左手托腮，好像在她家床上。

今晚我坐在大門邊。就在蓋雅和我講完今天模特兒是她時，我發現自己的雙腳無法再向內挪動一步。我坐定，拿出速寫本，開始描繪我並不想知道的她的成長輪廓。身體上深深淺淺的情感傷疤，為著生活必須承擔起的沈重贅肉，大腿內側，哎，那些宛如一波又一波的浪潮，委屈自己以便適應社會體制的橘皮組織。

——怎麼回事？我竟然愈畫愈心酸？

為了滿足我們幾位顧客，替老狗買幾包飼料，有個棲身處安頓自己，蓋雅就這樣把自己攤開了。

她的身體訴說著滄桑，我不忍聽，便用力畫，同時像語言學習機般重複告訴自己：不管看到什麼，都只是圓形、方形、三角形、輪廓、形體、光和影。

我從未哪次畫完人體像今晚這樣疲累。

有中場休息嗎？喝過白酒吃了堅果？有如畫紙上大面積的留白，我一概不記得了。

終於，九點了，兩小時的練習結束。我收拾畫具，協助整理畫室，在場唯一一位男畫友來向我問好。這位年輕人害羞，我們聊了幾句，然後他直視著我，細聲地說：「下週見。」

與其說是道別，這句「à la semaine prochaine」在我聽來怎麼更像請求。年輕人話中有話，他真正的意思應該是：你下週可要到啊，剩我們三人了，千萬別丟我獨自面對。

沈重的道別。

在巴黎大茅屋畫室畫完後，我回到家，沙威瑪先生迫不及待來問我情形如何。

「你的祝福應驗哩，」我說，「今天下午，我還真遇到此生畫過最好看的模特兒！」

他聽了洋洋得意，笑彎了眼睛，好像他本人也親臨了現場。

然後，他問我是否見到一位老頭，日本人？個子矮小，駝背，鼻樑掛著大眼鏡？

有，我說，確實是有這號人物。我一坐定就注意到他，此人顯眼，是唯一一位坐在前排搖滾區的畫友。他選擇正面對畫臺的矮凳，身旁擺白色瓷碟，裡面只調合淺黃色水彩。歐吉桑把整疊白報紙夾在畫板上，放於大腿，整個下午他只畫模特兒的臉，而且畫得極粗略。

我正巧坐他斜後側，相隔幾排座位，望見他畫紙上那張臉，和畫臺上模特兒毫無相似之處。

不過這也無需大驚小怪。畫室裡本來有各樣畫者，各種技巧，大家愛怎麼畫就怎麼畫，寫實或抽象隨人高興。

「為何問起他呢？」我問沙威瑪先生。

「上次我們去畫畫時也遇到他，」他說，「聽說這歐吉桑是常客，上次他一看到模特兒是奶奶，這傢伙竟然火速收東西走人——哼，我才不要浪費一張票在老太婆身上。」

沙威瑪先生後面這句話壓扁嗓音，尖尖細細，假裝自己是那位歐吉桑。

此時我又覺得，他在笑話這位日本先生時，多少洩漏他本人當時的心聲。而此位畫者大方表現自己的好惡，也算坦蕩。

第三週的星期三，離畫畫開始前幾小時，我發了封電郵給蓋雅。

我以誠摯的抱歉開頭與結尾。信是這樣寫的：

抱歉，我真的很抱歉今晚沒辦法去畫畫了。語言學校老師要我們寫篇作文，題目難度很高，我大概整晚都得寫這篇文章。非常抱歉。

我發誓自己說的句句屬實。要不要取消人體習作我掙扎許久，每當我腦海中浮現那位年輕男孩受傷的神情，和他那句「下週見」，我就於心不忍，但我得寫功課。

蓋雅回信說無妨，還說要退我費用。

之後我和蓋雅信件來回幾次，但怎樣無法約成彼此的時間，要不是她出城，或是我已有安排。秋天，在我離開波爾多前，蓋雅索性提議這筆費用她暫收，日後假若我還有機會重返波爾多，歡迎再到她那畫畫。

我欣然同意。

但——老天爺，我無法再次勾勒她的如此坦白啊。

恩格斯怎麼想

請允許我更動一句名言，作為介紹這座小鎮的開頭：繁榮的都市大同小異，但迷人的城鎮卻各有各的迷人。

烏帕塔爾，Wuppertal，從法蘭克福搭德鐵，向西北行約一個多小時車程即可抵達。如果像大多數遊客從科隆來，只消三十分鐘。

為了觀賞一齣舞劇，這年夏天我們來到烏帕塔爾。

舞團創辦人在數年前過世，這位傳奇編舞家跳舞直到生命中最後幾天。她走了，她的舞蹈作品和劇場卻留了下來，成為我們這個時代的標幟。一種在作為人的困境中，尋找解答的努力。

在烏帕塔爾，最方便的大眾交通工具就是烏帕河上的懸掛電車。懸掛電車啟用於二十世紀初，利用電力行駛，車廂在空中急駛時搖搖擺擺，有些轉彎處搖晃幅度大，初次搭車的乘客大概會覺得特別驚險。一頭小象正是這樣覺得。

據說烏帕塔爾的懸掛電車曾載運過馬戲團。他們把一頭小象弄上電車。這頭飛在空中的小象心裡著實不安，牠急著回到地面，於是衝破車門奮身一躍，跳出電車，摔落底下的烏帕河裡。

萬幸，可能河水不深，淤泥軟淺，或是小象真知道可以搧動耳朵降落，總之一條象命是保住了，從此牠便成了懸掛電車的吉祥物。

烏鎮的發展起自烏帕河邊，早期人們在河邊建紡織廠，這兒是工業革命的先鋒城市，經濟發動得早，沿著丘陵坡地興建的樓房美輪美奐，大門設計簡約，有些門甚至毫無裝飾，只配上實木手把，看起來大氣自信。宅邸前多有小花園。

這兒花園的花開得奔放，尤其是玫瑰，粉的、嫩的，全像少女那樣甜美。

我們的住處位於半山坡一樓，百年屋齡老宅。屋主是嫁到此地的義大利女士。她在鎮上開寵物店，出租多餘的房間賺外快。她很自豪自己的經營眼光，說，自己是早期經營民宿的房東之一，老早就嗅出來烏帕塔爾看舞的觀光商機。在我們房間的客廳牆上就高掛一幅舞劇海報。這幅海報裱著金框，海報裡，獨舞者立於空靈的舞臺上，身上發散金光。我的同伴十分喜愛這張海報，我也是。這張海報充滿張力，能打開時空隔閡，讓我們的小房間無限地擴大起來。

有一天，我們決定去參觀位於小城邊緣的紡織博物館。我們搭懸吊電車去，出了車站，一下找不到路，只好四處問人。有位好心的德國紳士主動上前，問我們是不是打算來參觀博物館？我們說是。

他指示我們跟著他走。

這人高頭大馬，髮色銀灰，穿著鐵灰色西裝，講話時表請正經，沒想到他在人行道上左右張望一會，確認沒有來車後，便大搖大擺穿越馬路。我們兩人跟在他身後，也只好急忙穿越馬路。從高速公路急駛下來的車輛就從我們身後呼嘯而過。

紳士帶我們繞過一棟民宅，往內走，直到進博物館。這時他開始和館員閒談起來，兩人熱絡，原來他正是博物館工作人員，且壓根不是嚴肅的人。我同伴說，她瞧見他在走進博物館前，向販賣部同仁高舉雙手，雙掌一開一闔，俏皮地和他們打招呼，所有人也停下手邊動作，跟他回禮——這人就算不是館長，大概也是位大人物吧。

"Zeit ist geld."

紡織博物館裡，遊客在一樓大廳簡單瀏覽後，循著動線會被引導至，如同時光隧道的通途，重返彷彿百年前紡織工廠內。

在通道地上，這句標語被投影出來：Zeit ist geld. 時間就是金錢。

展覽就從這樣的氛圍開始。我們先看了段影片，影片拍攝無人操作的紡織機，轟隆隆地運作，敲打出規律的節奏。低角度攝影讓機器更顯得巨大無情，像是有自己的意志，連我們坐的地板也隨之震動。

二樓展示的機具也有相同特色，龐然大物、規律、權威，而且他們還有個特別之處——低矮的把手，方便小孩子操作。

三樓展間介紹勞動力的演變。工業革命前，人們分散於農村，農閒時自家就是小工廠；革命後，機械取代了人力和獸力，勞動人口由鄉村集中於工廠，生產效率漸漸成為至高無上的準則。

不過這些機具，現在來看，全是古董了。百年後，它們看起來反倒實在，甚至還有些溫厚。我們對於當時就能有如此精密的設計感到驚奇。當我們在試用半自動刺繡機時，大人物正好也帶著幾位遊客到此介紹。

當天的參訪者不多，零零星星十多人而已。遊客們一會兒就離開了，大人物向我們打招呼，親切地問我們，有沒有興趣逛逛一旁恩格斯故居？

「當然有！」我們叫道。

原來先前經過的不起眼民宅，正是恩格斯舊宅。

「平常這可是不對外開放哩。」他挺開心。

大人物立刻到一樓櫃檯跟館員拿鑰匙。我們跟著他走到戶外，踏上屋前小梯，站在玄關。大人物用鑰匙開門，看樣子這裡果真一陣子沒人來了，門開，灰塵飄散。

我們跟著大人物在恩格斯家輕鬆走著，參觀了起居室和書房，書房上掛著幾幅重要人士的畫作。屋內的擺設簡單實際，也或許是館方只展示了基本的傢俱或物件而已。

然後我們來到改造成小禮堂的會議廳。禮堂後方擺放了兩座半人高的圓筒，圓筒由上下兩個圓錐組成，外面罩上白布。

「你們知道這是做什麼的嗎？」大人物問。

我想了一下，是簽署重要文件的桌檯嗎？還是共產主義發展史上的關鍵文物？

我搖搖頭，猜不出來。

「如果辦婚禮的話，」大人物說，拍了拍圓筒，「可以在這喝啤酒。」

什麼嘛，不過就是在街邊讓人站著喝啤酒的圓桌。

「有時我們會在這舉行婚禮。」大人物笑嘻嘻說。

「在恩格斯故居辦婚禮？」我說，有些驚訝。

我實在好奇恩格斯本人會作何感想。

接著大人物帶我們到小會議室，他從玻璃櫃裡拿出一本紀念冊。

「這是我們的好友，」他說，「浙江那兒的黨員送我們的，他們人真好，還送了我們一尊恩格斯像。」

然後，大人物善巧地問我們從哪來，我們告訴他。我們雙方什麼都沒說，但那一瞬間，我們之間的氣氛起了微妙變化。不過我們在這方面都有經驗，各自都擅長裝作沒這回事。
大人物又繼續說，「那些中國人真的很好，但你知道，他們講德文時，有些音發不出來，尤其是人名。」
他告訴我們在恩格斯像贈送儀式時，他在臺下聽浙江黨員講話，有些音在他聽來，實在逗趣。
「但他們人真的很好。」他又再次強調。
最後大人物送我們走上玄關，遙指前方公園，恩格斯像就在不遠處。
「捐贈典禮結束後，」大人物說，「我們還在這舉辦共產黨烤肉大會呢！」
從他講話的語調聽來，不難想像他們應該是群快樂的共產黨員吧。
隔天，在烏帕塔爾的最後一晚，我們又來到此地。
我們依照地址找到舞蹈劇場，驚訝地發現劇場就在博物館旁，中間隔著恩格斯庭院。舞蹈劇場比我預期的小，能容納的觀眾不多，現場滿座。然而不知為何，這場期待已久的舞劇，在觀看時，竟然無法讓我像初次從影片中見到，那樣激動了。

專業的舞者演出到位，舞劇的編排出色，尤其是服裝和音樂，肢體動作的細節，在在都是上乘。

為什麼呢？因為我已經看過影片，喪失了新鮮感？

結果反倒是開演前的販售活動更引起我的興趣，似乎更符合今晚上演的戲碼：交際場。

打扮時髦的觀眾們，畫著亮眼濃妝，擠在大廳爭相選購書冊和海報。架設在大廳階梯平臺上的酒吧亭更是熱鬧非凡，儘管在這買一杯酒的價錢讓人咋舌，大家仍爭相掏錢，搶著把鈔票塞進酒保手裡。

人手一杯酒在劇院外愉快地談天，來暢飲一杯才是今晚的重頭戲。

看表演？那是交際空檔的陪襯。

趁開演前我來到昨日的庭院，仔細打量了恩格斯雕像。這尊塑像極大，不成比例放大了身型。巨人恩格斯身著長袍，一手抱胸，一手捻鬍，皺眉思索。

幾個孩童大聲吆喝，在銅像旁爽快地踢球。

夏日晚間，斜陽正好，天氣乾涼宜人。現在，烏帕河岸已不再有工廠，當年被嚴重污染的溪水，現在清澈見底。一個男人手持釣竿，站在溪邊甩著釣線。

我看著，隱隱約約中瞧見一隻孔雀在河岸遊走。牠高舉鮮綠的尾翼，銀藍色的斑眼搖曳。

真的嗎？是我眼花，還是真又一位從馬戲班脫逃的表演者？

然而戲要開演，我得儘快回返，迷濛間，只留下牠美麗的幻影。

中國功夫與費里尼

越南旅遊滿月後，法國夫妻結束旅程，登機預備返家。

太太買順化風景集，黑白攝影，典雅寧靜。她一頁頁翻看，看得仔細，她看照片中的物件，擺放在桌上的杯盤。照片裡人物行走江河邊，看到曾造訪之處，她讓身旁先生也來瞧瞧。

儘管她不在相片裡，可從相片集，她重見自己在順化的美好時光。

這對夫妻拘謹，情緒內斂，歡喜或厭惡不顯，回應淡然。整整十六個小時我和他們塞擠在狹窄機艙的三排座椅內，在前往法國的班機裡。可我對他們的認識僅僅他們住巴黎近郊，以及太太甚愛越南。

「你一定要去那看看，」太太說，「越南中部的城市，海濱風景實在太美。」

「法國呢？」我問。

法國是這對旅人熟悉的日常，卻是我的旅程起點。我興奮，太太對我的發問卻顯沮喪，她平靜地拿出筆和紙，在藍色細方格便箋上列出幾處地名。寫下建議造訪最末一處時，她說：

「可以去看看，不過去一天就行了，或是如果你時間太多再去，別在那兒待太久。」

她講話保守，我讀看書寫字體，勉力辨認她寫得是──馬賽。

無論你能否接受，馬賽位列法國二位大城，二〇一二年夏天尚未結束，城裡已三十多人遭槍殺。我們計劃去馬賽前兩週，巴黎友人刻意輕描淡寫問我，知不知道馬賽發生什麼事。

「什麼事？」我說。

「有個傢伙買完麵包出來，」他說，「當街就被———了。」

我聽完臉色一沈，他有些懊惱，後悔自己不該掃我們的興，趕緊補話。

「你們要小心。」他說。

我們即將出發至馬賽前幾天，巴黎友人又有新消息。

「你們知道我朋友，東尼，前幾天才從馬賽回來。他說，馬賽真危險，他覺得他被人盯上，還好沒發生事，他說他去搭地鐵，地鐵裡骯髒昏暗。總而言之，馬賽，危險哪，空氣中都是危險的味道——」

巴賽隆納友人關心的方式更直接了當。

「為什麼要去那？」他說，「全歐洲最好的城市就是巴賽隆納！你們幹嘛去馬賽冒險？」

這年我們在歐洲旅遊，歐盟經濟艱困，富國責怪窮國拖垮他們，窮國則抗議富國撕裂他們。

因此，彼時夏日，人云歐洲危險。我們要去西班牙，他們說，西班牙人都失業，你們會被綁架；我們打算去巴黎，他們說，巴黎是北非移民大本營，你們會被打劫；現在我們要去馬賽了，他們說，你們瘋了嗎？那兒全是幫派份子，人人帶槍。

他們都是關心你的人，你的親友，他們好意，你不能也不該埋怨他們攔阻你，為你著想，是吧？

的確，危險還是遇上了。

八月初在巴黎，我們抵達的頭幾晚，在友人家待得晚，趕最後一班地鐵回住處。我們走在暗街，我們步伐快，總感到身後有人尾隨。這時我開始想到他們說的危險。

我們來到地鐵站月臺，月臺上候車乘客寥寥，我一看，怎麼全像壞人。

正當我暗地祈禱列車快來，卻晃來兩阿爾法人。兩人一高一矮，平頭，高個後腦勺一塊圓禿，大概被酒瓶敲過，矮個打量我們。

我覺得全身不對勁，月臺寬敞，空闊，高矮個偏選站我們身旁。
矮個開口說話了。
「喂——！」他說，「你們哪來的？中國人嗎？」
矮個躁動，眼睛一大一小，呱啦呱啦講，我什麼也不懂，汗毛直豎，手心冒汗。我們之中有位能略聽法文的朋友，他開始答起矮個的問話。
這位當晚初識的友人，我知道他也緊張，但他同時是拘謹有教養的男士，他把矮個所言如實翻譯——老天爺，我壓根不想知道矮個說什麼，只希望友人別理睬他。
矮個說，「我很喜歡中華文化，超喜歡的啦。」
我們聽完，尷尬笑笑。
矮個繼續講，邊講邊甩動身體，似乎身上爬滿蟲子叮咬他。
仍不見地鐵列車蹤影，時間每秒都難捱，我悄悄朝遠處移動。
忽地，矮個一箭步衝到我們面前——

慘了！我們全被他突如其來的舉動懾嚇，我雙腿發軟，動彈不得，心想他終於要打劫我們！

結果矮個像個糟糕的笑話般，只是在我們面前比劃，打了套稀落的拳法，大聲喊道，「中——國——功——夫——！」

接著地鐵如同安排妥當的演出特效，從他身後衝進車站，鬧劇落幕。

第一眼瞧見馬賽湛藍的海岸線時，我心碎了。多麼希望擁有完整午後的時間，整天的時間停留這片海岸，親近她，聽她。我多麼希望能待在這，看望地中海這段蔚藍海岸。如果能在馬賽短住一週，我要天天晃遊海邊，我要從住處跳進公車，彎過骯髒擁擠的市區來這。我不想去這城市任何他處。我不在乎。

然而我們在馬賽只會待上三天。

嚴格說來只有兩天，第一天下午我們抵達，第三天一早我們離開。我們取消原定一週的訂房，縮短至三天，為此付出不少違約金，因為我們的行程生變，以及許多人警告我們，馬賽很危險。

九月初巴黎已是穿起夾克的季節，馬賽仍艷陽高照。舊港（Vieux Port）內駕乘私人快艇的叔伯們赤裸上身，頂著古銅色圓肚，熱情揮手，邀我們上船同遊。你在蒼白的巴黎看不到的南方景色，無雲藍天在世界盡頭銜起海平面。

我們沿海岸線走，海與旅社成路旁風光。旅社亮白磚牆，牆緣漆淺綠紋飾，線條彎曲婀娜。

馬賽天氣乾熱，我們於正午行走也不出汗。你走在路上，身後經常傳來理直氣壯的「Pardon——」，你讓位，專注的跑者從你身後竄出。

我們繼續走，彎進路旁小徑，小徑迴旋而下。低矮的民房沿丘坡搭建，高低起伏。我們聞香自民家廚房飄逸，居民路旁擺桌椅用餐，我們在法國老發饞，香味四處挑逗你。

走至小徑底我們來到港邊，港內停滿漁船，出海處有座羅馬古橋，橋下人們野餐。港邊房屋玲瓏可愛，至多兩層，粉色繽紛，正門低矮以盆景裝飾，大約得彎腰才能進屋。再往前走，你會瞧見開放的海水浴場，腳一踩可入水。當地居民將這處內凹的天然地形改建成淺海水池。

碼頭上，調皮的孩子們脫得赤條精光，輪流爬上礁石，縱身一躍，嘩啦濺起水花。

外海幾名泳客浮沈白浪，一女泳客上岸，以毛巾圍遮下身，袒裸胸背，褐髮濕淋淋披肩頭。另一名回岸的男子略顯疲憊，他靜坐岸邊，默默望海。我們也坐，觀海。遠方泳客於海平面忽伸忽沒的手臂有如星光閃爍，船艇駛過海平線，夕陽貼雲腳，天空的顏色分秒變化萬千。我們安坐，沈靜，沈默，眾人膜拜神聖的日落於心。有一刻，你突然聽聞馬路行人談話聲，才驚覺世界已消失，唯海潮音入耳，海潮已是你。

你不想走，但你知道你得走，眼見太陽沈沒，而晴空透亮，我們在最後的餘光中不捨起身。

那晚我們買披薩於車亭候車。

一對男女從路的盡頭走來，愉快地交談，旅伴上前向他們詢問時間，男士怔愣，解讀我們，然後他明白了。他看錶，給我們答案，然後再和女伴繼續走，風度翩翩。

我們退回公車亭，天色如未開演的戲院拉緊黑幕，可我們絲毫不怕，我們有時間，有最後一班公車，我們體驗了馬賽的骯髒，混亂，失序，卻打從心底喜愛它。

當這位男士折返回來時，我確信馬賽也喜愛我們。

他不發一語地走回來，逕自查看車亭張貼的時刻表，他的手指貼著時刻表，從頂端往底滑落，直到最末——是！他確定了，還有最後一班夜車，這下他心安了。

可他實在體貼，什麼都沒說，不過轉頭對我們燦然一笑。

「再見，」他說，「祝你們有個美好的夜晚。」

夜班公車帶我們流轉於馬賽彎曲起伏的街巷，市政廳前，豐腴的女人上車，她宛如甜蜜生活（La Dolce Vita）裡跨進羅馬噴泉的美國女演員，一襲鮮紅洋裝，搖晃搖曳，你分不清她醉了，抑或過於歡快？男人們流連在她身邊，覬覦她，又得不到，她是如此迷離。

經過我們身邊時她暫停腳步，見我們口咬披薩，女人微微笑，「bon appétit，」她輕聲說，然後隱沒於車底暗處，消失了。

造訪馬賽確實冒險，險於你以為你單純來遊玩，最後卻走進費里尼的電影裡。

救命啊！安媽媽

會住到安媽媽家，純粹是因為她放上網路的房間照片。那間房間像極了我家的房間。我猜，在旅行一段時間後，或許我會想住進像自己家那樣的地方，所以在出發前，我預訂了遠在地球另一端，像我家的房間。一間再普通不過的房間。

系統櫃、書桌、附床板的單人床，來自鎮上傢俱店販售的傢俱，無廠牌，無設計，他們被製造出來正是為了耐用和放在家裡不過分起眼。

「請問，方便在妳家住上幾天嗎？」我從網站上送出訊息，「這間房間，讓我想到我母親的家。」

然而我把訊息送出去後，開始覺得奇怪。

為什麼我要這樣說呢？

為什麼我不說，像我父母的家？

畢竟我家是我父母建立起來的，甚至許多傢俱還是父親做的，為什麼我只提到母親呢？

我想安媽媽一定誤會了，但我們倆都沒提及這事，包括之後我們碰面，我住進去，我們都沒提，然後我逐漸明白了為什麼。

第一次見到安媽媽是在她家大樓門口，那時我正拖著行李找地址。我搞錯地方，準備往山上走，還好她叫住我。

「你一定就是某某某！」她說。

她坐在車裡，搖下車窗，看起來挺高興。然後她去停車，過來給我個擁抱，貼貼我的臉頰。

「我知道你可能不習慣，」她說，「但我們這兒打招呼的方式就是如此。」

我向她微笑，以我所能表現最友善的方式來回應她。

旅行一陣子，你學會有些事最好照他們的方式來。通常，這些事不會對你有太大影響，就算有，三、五天也過去了，你也只在他們家住上三、五天，可是他們的習慣早建立了一輩子。

安媽媽帶我到房間，告訴我家裡的規則，哪裡可以去，哪裡不行。可以用的杯碗在哪，哪裡不許碰。這個家一塵不染，整齊清潔，玄關鞋櫃上排放了許多小陶瓷娃娃。

安媽媽有三個兒子。老大在倫敦找了份工，但英國生活太貴，他和人合租在郊外，每天得搭一小時車進城；老二在葡萄牙另一座城市做著另一份工；安媽媽和老三住這，這棟像國宅的大樓裡。安媽媽在幼兒園當老師，她的小兒子今年暑假要到車廠當學徒。

「他對機械有興趣，」安媽媽告訴我。

老三看起來靦腆，個頭甚至比安媽媽還小一點，十五、六歲，但他們倆有同樣圓胖的身型，白皙的皮膚，大眼睛，淡褐色頭髮，臉上有些雀斑。他從未主動回答我的問題，除非安媽媽幫他翻譯。我也從未單獨見過安媽媽或老三。當他們出現時就是一起出現，消失時就是一起消失。

有時，晚上，我聽見客廳傳來電視聲。我走出房間，看見兩個半圓的後腦勺冒出沙發，前面有臺大電視，電視裡播放著葡國肥皂劇。

我的房間如同我預期，這兒簡直像在地球另一端的我家。一整晚我睡得挺好，早上我起床，安媽媽和老三已經出門了。每天都是這樣，出門時安媽媽會帶著老三，送他去車廠。

依照安媽媽指示，早餐在冰箱，廚房的小餐桌上已經擺好碗碟。

我坐下來用餐，餐桌上有個小水族箱，裡面有隻紅色小魚，就一隻，每天早上我和他對看。人眼對魚眼。

飯後我回房，這一路上我保持著好房客的尊重，克制我的好奇心，不去不該去的地方。

七月底，里斯本天氣宜人。

我沖了澡出門，樓下就是公車站。巴士亭下有幾位候車者，大太陽，亭子遮去烈日，海風吹來真涼爽。在這裡人不出汗，你閉上眼睛，就可以打個盹。

公車亭對面有間不起眼的小餐館，要不是安媽媽介紹，你絕對找不到它。餐館的店門小得只能容納一人進出，營業時段限定在用餐的兩小時，然而就那兩小時，它生意好得驚人，外帶的人們在門前排隊，櫃檯後方的廚子在熱烈燒烤著。

一天，安媽媽來敲我房門。

說好早上要來的房客錯過巴士，延遲抵達時間，可是安媽媽和老三得出門了。

安媽媽問我能不能接待他們。她很著急，急著要去做什麼，就像我要來的那天也是如此。

那天為了我可以抵達她家的時間，我們交涉好一陣子。從她回覆的訊息中，我可以感受到她的情緒，她要打點這個，安頓那個，做好這件事，那件事也要掌握。她要事情照她的節奏來，因此，她只好把沒如她所願的事全攬在自己身上，然而她又時常抱怨有做不完的事。

又有一天，我從她手上搶回我的衣服。

我向她借洗衣機，她讓我把衣服全丟進去。我還在納悶她怎麼不告訴我使用方法，結果隔天我回家時，她已經把衣服全洗好，一件件在燙衣板上熨燙。

我趕快把還沒燙的拿走，不過就是幾件T恤。

「謝謝，」我說，「obligado，這些不燙沒關係。」

她不可置信看著我，嘟噥幾句，我向她保證沒關係。我只差沒告訴她，根本沒人會在乎一位背包客衣服上的皺褶啦。

安媽媽終於鬆手，把衣服還給我。

這時我知道為什麼我說，安媽媽家像我母親的家了。她們有些地方還真相像。她們訂同樣的月刊訂了二十年，同樣感冒結束後咳上三個月。你告訴她們，食物別再吃冰涼的，頭髮要吹乾出門，可是她們依然我行我素，濕淋淋著頭髮就往外跑。你跟她們說，這事不急，那事別操心，她們懶得跟你辯，反正她們在你覺得不急時老早把事情做完了，以及，操心是她們的專長。

這是她家，一切照她的規矩來。

那天晚上，飯後，安媽媽在廚房收拾，我聽見她大聲唱著披頭四的救命。

「Help! I need somebody. Help! You know I need someone……」

老三在客廳看電視，一動也不動。

我賴在房間裡。這兒確實像我家，母親大人的家。

輯四　虛線

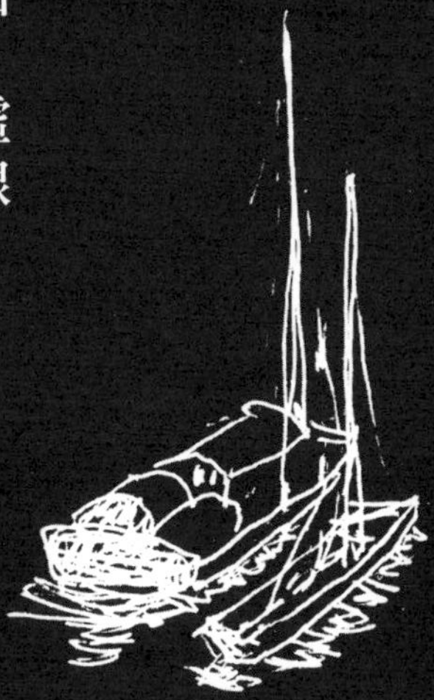

眷戀的春天

照理說時序已經進入夏季，七月了，可春天仍流連忘返，像不時回返舊宅打點的前人，然而，其屋早已易主。眷戀的春天，出現時伴隨著雨和低溫，雨勢多或少耽誤車行，偏偏星期五逢週末出城潮，往返波爾多中央車站和機場的一號公車上擠滿乘客，而我們又被壞天氣、塞車、遭到延誤的旅行計劃折騰得焦躁不安。人人表面上耐著性子，但總想發洩，有人擠到車前向司機探聽，公車司機是位女士，雙方談了一陣，車還是老樣子，動也不動。幾位剛放學的女學生，站在車廂和車廂銜接的橡皮通道，戴著耳機聊天。我從背包裡翻出紙筆想畫她們，但筆下的線條全都潦潦草草。倒是，身旁倚車窗斜坐的女人，她的手機響起來，她接起，用手掌捂著嘴輕聲講，每講一段，便在掌心裡發出如嘆息般的低笑。這通電話她講了許久，感覺她期待這通電話，也期待了許久。

公車終於開抵車站，車內響起熱烈的掌聲，乘客們和司機都鬆了口氣。

我下車，扔掉手中早先訂好往拉．侯謝爾（La Rochelle），因雨而錯失的火車票，重新在售票櫃檯買了最近一班開往侯旭弗（Rochefort）的車。從這兒可以再轉乘巴士到富合（Fouras）。可等我查閱一旁塑膠架上，列有各地客運時刻的小手冊，才發現這也是不可能的。時間早錯過了。我反覆看了幾次，最後只能連絡愛蓮。愛蓮是個乾脆的民宿主人，很快就回覆我。

「了解，」她說，「別擔心，就照你說的時間，我會去侯旭弗接你。」

富合位於大西洋沿岸，就在新亞吉坦區（Nouvelle Aquitaine）西北邊，海岬上，成一突細三角，向南或向北岸走皆能抵達海濱，當然，向西走也是。這座別緻的小鎮，市集街上的樓房僅只兩層高，外牆漆成淡粉色。市政廳以紅磚牆和灰瓦屋頂建成，頂上設報時的鐘塔。整體而言，法國各地市政廳大同小異，但富合版的尺寸迷你，無官府肅穆感，反像童話故事小屋。

早飯後，依照愛蓮提供的地圖，我從市中心逛起，可我缺隨身背包，只好手握水瓶，將鑰匙、皮夾跟其他雜物硬塞進口袋，整個口袋鼓脹起來，像老人痀僂的背峰。週六，老街上全是遊晃的法國觀光客，我四處張望沒瞧見任何外國人，惟一人就是我自己。忽然，雨像突來的壞消息驟降，街口紀念品店，店主是剛入中年的女人，她急了，慌忙地把門前的展示架推進店內，以免雨打濕了架上那些絲巾。

她的眼神黯淡，滿心疲憊，憤憤地說，「這天氣真夠折磨人！」

可才一會兒太陽竟又露臉，就在她向我示範背包的背帶用法，我準備結帳時。暖陽普照，好似適才那場驟雨，原來不過是一場突發奇想。

應是觀光區的緣故，加以地狹人偏，富合的物價比波爾多貴至一到二成。市集街上除了紀念品店，還有水果行、麵包店、一間書店。今天書店外擺了長桌，小孩子們圍在那，大人在他們身後，桌上排放幾落精裝書。有個小女孩拿著書跑來我跟前，用一種，彷彿她已進社會工作的正經態度，想向我推銷，這是他們自製的義賣畫冊。我笑笑，走開了，繼續走，書店旁是傳統市場，地上濕漉漉的，可早市已過，攤商已收掉大半，剩幾攤檯面鋪滿漁產海鮮，但他們似乎也不那樣熱心做生意，彼此大聲說笑，幾人站在側門邊抽菸。

側門出去，場外廣場，一旋轉木馬亭，一男孩乘遊，一旁街頭小樂團演奏討賞，零落幾遊人駐足賞聆。

這決定恐怕是不明智的，但當時我並不知道。

我決定沿海岸北線朝西走，打算走到最西的海岬頂，再從南邊折返。

結果一走出市鎮，少了建築物遮蔽，海風吹逼著雨水，追打在我身上。從波爾多帶來的折傘可說毫無作用，幸好海邊有間可麗餅店，愛蓮曾向我介紹，說很熱門。此時我沒得選擇。

以販售可麗餅來說，這間餐廳稱得上豪華了。店家用落地玻璃取代前庭外牆，搭建雨棚，擺設餐桌椅，成為半開放的餐區，真正進到店內還得爬段階梯，而店裡所有桌數皆已受預訂。

服務生安排我坐在靠階梯的雙人餐桌，先問我是否預約？然後給了我位子，可似乎又不希望我待太久。

迎接我的兩位女服務生，本地人，一長髮，另一人理了俐落的男人髮型，用髮膠整過。後者話多，見客人打躬作揖，卻顯輕浮。我點了牛油可麗餅和熱可可，長髮那位記下我要的餐點，好像明白了我的意思，她明白我只是位受寒，遭風雨所困的旅人。當我跟她點第二杯熱可可時，她微微笑了。慢慢喝，不急，她說。但是氣溫低寒，熱飲轉瞬便涼，涼而甜膩，如同人與人的關係，那就倒胃口。

我望向前庭，玻璃窗邊坐了一對胖呼呼的男女，約莫是鄉下人，遊興高昂，兩人來消磨時間。他們各點份焦糖餅，吃得差不多時，短髮服務生上前收拾，肯定講了幾句吹捧他們的話，這兩人暈陶陶的，想擺闊，追加火腿可麗餅和蘋果酒，並且高聲宣佈：現在這頓才稱得上正餐，先前只供開胃——短髮女侍飛快將餐點登寫在紀錄簿上。而他們身旁，玻璃窗外，世界是霧黑的，巨浪翻騰，烏雲滾滾至大洋邊界，狂雨傾瀉，宛如末日。

自一九二五年起，富合便成為法國主要的牡蠣產區。沿北海岸走，你會看見位於路旁，以牡蠣為主的特產餐廳，以及將牡蠣分等，置於店門前塑膠籃裡的直售店，最後，靠近岬點處，就是牡蠣養殖區。此地養殖的牡蠣在海中產卵，一年三次，幼苗順洋流附著於採集器生長。一路上，可見如銅錢的採集器一串串整齊堆放，紫的、粉的蜀葵直挺挺立長在屋間隙地，或各處。

這兒有條路直通碼頭，路旁兩間隸屬不同船公司的票亭，票亭上懸掛各自的船班表，售票小姐分別穿著橘色跟綠色的制服攬客，販售觀光船票。行程從碼頭起，直往海平面遙遠彼端，遺世獨立的碉堡監獄。

說到這座監獄，也是奇怪，我竟和它有相識之緣。

這得從一年前的夏天講起了。

那時我在雅典租了間舊公寓，白天四處晃蕩，入夜便回家看電視。短租的公寓通風，前後門一開，風來，生活的氣味也隨著來。住處介於樓房與樓房之間，我跑到後陽臺，周圍環繞鄰人房舍，看不見外頭的街，只聽得叫賣的廣播聲由遠而近，又漸漸遠了。希臘語我是什麼也聽不懂的，但這錄製的販賣宣傳和語調，我能懂。乘隨著風隨著聲音的印象，我返抵兒時，外婆坐在房間藤椅上，喚我幫她戴耳環，我捏著耳針，可心裡害怕，眼見她的耳垂已因老邁而鬆弛，離死那樣近的氣息在空闊的耳洞內打轉。屋外，夏天，保麗龍盒內各種口味的冰棒，由藍色小貨車裝載來，沿路廣播叫賣。

有天早晨，一個男人，宛如希臘神話裡的奧菲斯，拉奏手風琴打樓底走過，我聽著，憂愁的曲調像在述說異地的故事，故事在荒遙的記憶國度之外。

住處能看幾臺法國節目，一晚我看八十年代的法國通俗電影，還有一晚，看了自九十年代起，每年夏季製播的闖關節目。幾位卸任的法國小姐前來挑戰，她們必須組隊合作，破解密室機關，奪得寶物。我攤躺在沙發上，看退休的選美皇后們煞有其事討論闖關策略，攀爬跳躍，她們修長的美腿淹沒於蕃茄泥漿，翻滾於滑溜的泡沫中，摔個鼻青臉腫。關卡設置地點，說巧不巧，就在這座監獄裡，連節目也此地命名：Le clé de Fort Boyard。博涯堡壘之鑰。

博涯堡壘，啟建於拿破崙．波拿巴登基同年，一八〇四年，作為抵禦大不列顛帝國侵擾的海防據點，後改監獄，後遭棄置，一度拍賣，至今成為電視節目場景。

據說此節目自開播便大受歡迎，風行多年，富合也成了觀光勝地。遊客們慕名來此，登船到監獄堡壘一遊。

連可麗餅店的餐墊紙上，也印刷了博涯堡壘的遊船廣告。初見這些廣告宣傳，我實在吃驚。我，當然不是為博涯堡壘而來，甚至不知道真有這地方的存在（不是攝影棚內的假佈景？），更別說，如今就在眼前。細數我曾看過的法國節目，不過寥寥，而今跨越大半地球親見現場，不特意要訪卻訪，嘖，真是不明所以。

逐步西行，左右兩旁的陸地朝前方縮限，那些餐廳、店家、民房、棄船、養殖場……已全然消失，眼前盡是荒蕪，終於，我走到了，無有之鄉，無情天地，海風劇烈地吹，刮得我頭痛，南北海流相聚的天涯海角，以經年海霧瀰漫為名之煙霧岬（La Pointe de la Fumée）。正值退潮此時，嶙峋烏黑的礁岩裸露。路邊豎立的看板介紹了這兒的歷史，搭配相片。褪黃的黑白相片，呈現二十世紀初此地由海防據點，逐漸轉變成法國重要的牡蠣養殖場。相片裡，男女工穿著寬大的吊帶褲或裙，雙眼直視攝影者，面無表情。或許，當時他們並不知道自己被照相機攫捕了，他們更不可能知道，從此他們的身影將定格百年，日日見潮起潮落，長立於此。

沿著南岸回返，回到住處，我的房間在二樓，原是愛蓮小女兒的房間。愛蓮夫妻買下隔壁，讓小女兒獨自搬過去住。對門原是大女兒房間，她早已離家前往巴黎工作，結婚，定居，愛蓮說，女兒女婿搬遷時，她還特地北上巴黎幫他們新家刷油漆呢。

在愛蓮家度週末的兩晚，我的對門分別住了兩對情侶。第一晚是對青年人，愛蓮告知他們已在這待了一週，可天候不佳，年輕人幾乎都留在房間裡。後來我們在走道相遇，我見到他們，這對男女真是青春，俊美高挑，男友和我握了手，但他開口的第一句話卻讓人發噱。

「日安，」他正經八百地說，「請問您明天幾點要用浴室？」

他把洗澡時間看得如此重要，想必在跟我碰面前，反覆盤算要跟我磋商這事。

第二晚的情侶年紀稍長，男人個頭小，阿拉伯裔輪廓，兩人來去匆匆。愛蓮介紹時提及，他們是來參加當晚友人婚宴，地點在鎮上的舊市政廳。又一件巧事。我答，「下午我才到現場看過呢。」

我想起下午順著南岸回程，走進位於岬角中央的森林裡，舊市政廳正位於此，彼時大門敞開，工作人員正為了晚上的婚宴精心佈置，我走進，隨性地遊晃，裡頭一位穿套裝的俐落女人在指揮，意外的是，現場沒有人因我的闖入而上前探詢，好像我本來就該來瞧瞧進度。

走出舊市政廳，之後我漫步出森林，市政作業已搬遷至鎮上街口鬧區，嶄新的市政廳內。明天，我將從那兒搭乘客運，返回來時的火車站，循原路回波爾多，結束短暫的旅程。

明天我就要離開了，但今天還不。今天我繼續走，踩踏海濱細緻的貝殼沙，海潮將洗去我印在灘上，深深淺淺的每一步，空氣中飄遊著海腥味，雨已默默停了，浪頭漸歇，而大地清亮，照說，這正是夏初遊訪的好時機，可搜索手中的地圖我竟找不著去處。無論到哪，就算尋來天涯與海角，過去的時光，已經離別的人，無法越過那如大洋般遼闊的幽冥河，多麼想再見一面，可並沒有誰的琴音，乘著哪兒的風能載我去了。

他理短了頭髮，他說他老早想這樣做，這事卻讓她挺不痛快，整趟旅程她找到機會便埋怨。她討厭澀青青的頭皮和六釐米的髮絲，扎在她臉上刺癢癢的。那時一切正初發著。

新髮型由在塔拉哈西（Tallahassee）一起留學的同學操刀，他們弄了把電動推子，就這樣幹了。她搭了一段很長的飛機去找他，心裡已有底，可見面時仍吃驚，不過半年未見，簡直不是同個人。

從臺北起飛的飛機先進紐約，再從亞特蘭大轉航班。紐約她有個要好的女友人，邀她暫留幾天，女友伴向香港人在皇后區租了間房，早上她們一道從住處出發，搭地鐵過東河。在月臺上等車時，她留心身旁候車的乘客，言談間竟沒人講英文。地鐵一路開開停停，不時傳來含混的車長廣播，她完全聽不懂，在這兒念研究所的同伴倒是知道發生什麼事，拉著她下車。車故障了。

那時她還挺能走路。她可以走上整整一天，不覺得累也不覺膩。

她和友伴在華盛頓廣場公園（Washington Square Park）分手後，她去逛 MoMA，之後走上第五大道繞進中央公園，又一路走到唐人街和小義大利區，走到華爾街。她又搭車到布魯克林高地，走在赭紅色砂石磚砌成的住宅區，走到東河邊，遠遠地眺望自由女神像。她對這天的所見所聞深感敬畏，但完全沒有好感。紐約好像一夜之間從地裡長出來，由眾生的慾念幻化而成，那些閃爍即逝，難以覺察，微微渺渺的慾念。

學校放幾天假，他們決定從塔拉哈西直飛舊金山。

他們大約選了最便宜的航班，落地時間差勁，抵達時已是半夜。這兩人搭車進市區，拖著行李在街上找路。她嚇個半死，總感到烏漆墨黑的街道邊有人在他們背後虎視眈眈，準備打劫。他心裡也怕，但他沒表現出來。

往後幾天，她知道他們住的區域確實很糟，糟透了——這又是他們所能找到最便宜的旅社。他們實在沒多少錢，他們太年輕，不懂規劃，沒享受過。房間裡，床頭燈的燈罩碎裂了，可拮据反而啟發他們的樂觀與想像力，這天真的兩人竟以為碎燈罩是種時髦設計，他們把這兒的廉價和骯髒，誤會成某種裝飾。那時他們的要求並不多，還不懂講究，能有張床，有熱水，床頭有燈，轉開燈座旋鈕能有光，趁著有光，他們可以講講話，那就是祝福。

她一早睡醒，拉開窗簾，看見窗外海鷗炫耀似地飛滑過他們窗前，在大樓間拍動翅膀。她快樂起來，空氣中瀰漫海洋的鹹味。她搭電梯下樓，拉闔電梯外沈重的柵欄門，直抵大廳。

旅社供早餐，她在大廳裡東看西找，看見牆邊擺了臺原木色的舊鋼琴，還有張嚴重磨損的長沙發，最後她發現，所謂的早餐，原來就是櫃檯上一只白紙盒裡的甜甜圈。她拿紙巾抓起兩個，裝了杯清淡如水的街頭咖啡。他們跳上床吃甜甜圈，隔壁鄰居的一舉一動，從塗刷白漆的木板牆傳進他們耳裡。

隔壁住了男人和女人，女人大嗓門，講話聲音粗啞，像砂紙在木頭上來回磨刷，她話真多，喋喋不休。男人回話，大多女人在講。女人講到她自己的兒子，鮑伯。鮑伯怎麼樣、鮑伯去弄了個刺青、鮑伯打電話來。前一晚這對男女弄出很大的聲響，絲毫不害臊，薄薄一道牆厚不過他們的興致和臉皮，女人嘎嘎呀呀地呻吟。他們在隔壁房間聽著，壓低聲音偷笑。

夏季的舊金山涼爽宜人，有幾天甚至刮起冷風。早餐後他們到街上晃，路上飄散著洗衣粉的香氣，這標準的美國氣味，不知為什麼，總讓她聯想到星期天早晨，想到穿著白新新的皮鞋上教堂。

走幾步路，她瞧見一個年輕人，穿著髒兮兮的外套，站在人行道邊，背對來往的行人。他的右腳鞋帶鬆了，癱在地上，他抬起右腳轉圈，鞋帶跟著飄起來，甩打在他的左腿上，他再抬起左腳，試圖跳過右腳飛來的鞋帶。這年輕人就站在路邊跳躍。

他瘋了，她心想，真可悲，這麼年輕。

她在心裡難受了一陣，但很快地，當他們去漁人碼頭，跟著遊客們到巧克力名店，在店員領引下走過店內各種口味的巧克力櫃，領取試吃的巧克力，她就忘掉這事了。碼頭區的海產店，東方面孔的少年們拿著小木棒俐落地敲打螃蟹，棒槌聲哐噹作響，此起彼落。碼頭邊有間以酸麵包出名的店家，麵包師傅在櫥窗後頭現做麵包，揉麵團，把麵團分成一個個小麵團，在上面劃幾刀，擺上烤盤，送進烤箱。烤好的麵包放在編織籃裡坐著纜車被送出來。挑高的麵包店內設置幾條軌道，連接烘焙區和店面，整籃整籃的麵包在空中穿梭，好像來到麵包的科幻世界，他們倆在店裡看得目瞪口呆。

麵包店主有心，在樓上設置博物館，簡介舊金山發展史：一九〇六年春發生大地震，地震又引發滅城的火災，可苦難未了，二九年經濟大蕭條——麵包一直都在。發生任何事，人總要吃，舊金山人總要買麵包。麵包店創始人B氏是十九世紀中來掏金的法國移民，他從家鄉勃根地帶來製作麵包的酵母，從街邊小店起家。他愛他的麵包，感激它們。「不管發生什麼事，」他在博物館裡留了句話給來參訪的遊客，「只要你好好照顧麵包，麵包就會好好照顧你。」之後他們在露天坐位吃內盛蛤蜊湯的酸麵包，點了塊檸檬塔，心滿意足。

舊金山高高低低的街坡，上了年紀的人們手裡總有根手杖。公車順著坡勢爬升和下滑。幾條保留供觀光客體驗的纜車，至今仍靠滑輪機具行駛，調換方向時需靠人力在轉盤上推拉。早期掏金者和移工使用獸力，主要是馬匹。

他們最常去的餐廳就在中國城都板街（Grant Avenue）的山坡頂。

那時她還吃不慣西式食物，隔一兩天就要來這裡吃份燴飯，要不然就在附近的茶餐廳吃中式點心。他們最常造訪的餐廳兼賣西式糕點，用油紙捲成甜筒狀的雞蛋糕，鬆鬆軟軟，買了，用手剝著吃。向店員學幾句粵語之後，他們到店裡就用粵語點餐。

一天，她琢磨著店內常服務他們的女侍者，跟他說，這人長得真像明星。

「像鍾楚紅，」她說。

他仔細打量，完全不像嘛。

「像極了，」她說，「只要她鼻子再拉長點，嘴唇再壓扁點，下巴內收一些，眼睛再放大些——哪，不正是鍾楚紅的翻版嗎？」

他聽了只覺得可笑，照她這樣說，誰都可以像誰了。

她卻認定他沒能瞭解她的意思。像就是像，不像就是不像，反正總歸她看出來了，舊金山街上有鍾楚紅。

她喜歡想像，現實供給她創造虛擬世界的材料，這性格逐漸在她成長的過程中，替她遮風擋雨。她喜歡在天色將暗未暗之際，探望著灣區辦公大樓裡透出的亮光，想著人們在裡面勞勞碌碌，想著或許有那麼一刻，裡頭的人在心裡立志自己這一生必須要做什麼大事，但下一刻，這個志向就在被交辦影印資料，寫會議記錄，下班後酒吧裡言不及義的鬼扯淡，拋諸腦後。

「走了吧，」他催促她。

他們得趕在太陽下山前回返。

前幾天他們玩到天黑，回旅社的路成了天堂路，散落的賣場推車，地上滿是酒瓶和玻璃碎片，男人們三兩聚集叫囂。她根本不敢走人行道，寧願走在呼嘯的汽車之間，還覺得更安全。

後來他想辦法在聯合廣場（Union Square）附近的巷子裡，弄到一個房間。那兒以便宜的房租，租貸給開學前，一時半刻找不到住處的學生。他跟負責人好說歹說，終於訂到幾晚，兩人興高采烈地搬家，他們終於告別讓人提心吊膽的街道，和在街上踢著鞋帶的迷失靈魂。

現在，他們走起路可驕傲了，幾步就到聯合廣場，廣場四週是熱鬧的商店街。他們習慣在每天出門前，先到廣場上轉轉，這兒常舉辦活動，不時有市集。幾個亞裔面孔的女孩子朝他們跑來，領頭的有點害羞，用英文問他們，會不會中文？

會的，他們說，怎麼了嗎？

女孩把手上緊握的一包面紙拿給他們瞧。

「能不能告訴我們，上面說什麼呢？」女孩請求說。

女孩說，這是學校老師派的功課。他們正在學華語。

他們看了面紙，忍不住笑起來。但那小女生認真而急迫，他們不好輕視這事，盡力向這女孩解釋，不確定她能明白多少。

這包面紙以正體中文，大字印刷候選人的名字以及競選標語。選舉期間在臺灣街頭巷尾發送的選票面紙，偏偏讓他倆在舊金山的聯合廣場遇上。

這群女孩子向他們道謝，跑開了。

他和她憐惜地看著這個小女孩，一頭黑色長髮梳成馬尾，整整齊齊束在腦袋瓜後頭，她仰頭望向他們時那張擔憂的臉，課業給她的壓力已遠遠超出好奇心。

她幾乎想安慰她，沒關係的，小朋友，妳懂也好，不懂也罷，天氣這麼好，舊金山的風又這樣吹得人精神抖擻，你們應該去哪兒跑一跑，和你的小同學們去胡鬧，要不然，你們去發愁吧，就算那些愁思是這麼幼稚又勉強——扔掉那包面紙去體會你稍縱即逝的童年。

但最終他們什麼也沒說，就讓這女孩走了。

之後，以及之後和其他之後，他們去藝術宮（Palace of Fine Arts），搭船去阿爾卡特拉斯監獄島（Alcatraz Island），去卡斯楚街（The Castro），去嬉皮區（Haight-Ashbury）逛二手唱片行，去傑克．凱魯亞克（Jack Kerouac）那一代人的書店朝聖，去瞧瞧這座城市也有的 MoMA……。之後他們在公園坐著曬太陽，有個男人牽了條狗，那條狗在他們的長椅下竄，粗劣的毛像刷鐵鍋的鋼絲做成，來回刮著他們的小腿，可當他們試著蹲下要逗逗這條狗，跟他玩，這狗又溜遠了。

當晚，又或是他們住這附近的任何一晚，旅社的櫃檯小姐告訴他們，天黑後在廣場上，有露天電影可瞧。

他倆抱起房間的枕頭和毛毯，急忙到廣場等候。來人漸多，多是年輕人，成群結伴。人們選定位置，鋪上毛毯，打開帶來的紅酒，倒進高腳酒杯裡。情侶彼此摟抱，蜷縮在同張毛毯子裡。一位圓呼呼的扮裝皇后從他們身邊走過，寬大的天藍色連身洋裝，裙擺隨著風飄逸。這人拎著自己的小折疊椅，選坐在人群斜後方，臉上豔麗的濃妝遮蓋住她的表情，眉骨上方刷成銀白色的眼影，如初戀般炙熱的紅唇，她端端正正地坐那，不發一語，優雅地像大戶人家櫥櫃裡收藏的銀器。

他們未曾聽聞，也從未看過聯合廣場上今晚播放的舊片。接近開演時，人群已把這兒擠得水泄不通。她看著，電影劇情很是荒誕，角色胡來，是部B級片，可廣場上所有人看得不亦樂乎，有些觀眾索性跟著角色一起講演臺詞，甚至在銀幕上的角色還未開口，他們已經搶先高聲地喊出聲來——

她明白是怎麼回事了，人們笑著，鬧著，舉碰酒杯，一場集體懷舊的慶典。這群年紀跟她相仿的觀眾，肯定早看過無數次這部胡鬧電影，作為共同記憶的歸屬，這部片將人們牽繫羈絆，像手牽手返回到舊時光裡的故鄉。

對於無意間闖入的領域，他倆先感意外，之後，索性也跟著愉快歡鬧起來。

她不記得他們在哪兒分開的。在舊金山？還是他們當再回到塔拉哈西，在那兒才道別？

他們重返各自的生活中，再過幾年，他們會真正地分別了。分別並沒什麼大不了，旅程有盡，人人終需一別。

只是，每當有人離去，她總會感傷。可她的感傷，她漸漸明白，絕大部分在於她開始無法確定過往所發生的一切，這些，那些，是否屬實呢？關於這趟舊金山的旅程，當她回想起來時，到底又有多少屬真？作為彼此記憶的見證，人的離去，往往連他人的過往，也一併帶走。

再也沒人能和她聊聊這些事。

她的生命，因著不斷地分別又分別，出現長長短短的缺口，像一條虛線。

12/24/2011

0

不確定我們怎麼挑選出這個地點，或許只是當時航空公司的促銷票，小巷打點好一切，我們在各地的住宿、機票、當地套裝行程。我做了什麼？我什麼也沒做。我只是仔細準備底片。我帶了臺裝底片的相機，可那說起來，不過是流行的玩具。你可以在散光燈前插放不同顏色的賽璐璐片，這樣子，照片便會染上淡淡的色彩。那時不少人熱衷這玩意。手機銀幕小過一張名片，還是單色的時代。

我們在十二月出發，臺北正濕冷，我們往南，我滿心期待。出發前我沒有查找資料，沒有閱讀任何相關書籍，對越南的歷史文化，社會現況，可說是一無所知。相較而言，小巷實際多了，是可靠的旅伴，她在各個項目都做了不少功課。

有時我刻意保持無知，是為了避免被先入為主的觀念影響，寧願先體驗再說。有時我也讀，想大略理解，但這樣做往往很吃力。抽象的描述詞彙，我實在難以想像，就好比閱讀從未品嚐過的異國料理菜單。

可有時，我只是懶惰。

1

小巷替我們預定的旅社在河內鬧區，一條長長的窄巷裡，商店與餐廳，走路可及。這間旅社是棟狹長的透天厝，推估是由民宅改建，因為在這條巷子裡，除了它，其餘皆是陰沈暗舊的房舍，或是門口賣點小東西的雜貨鋪。

不過在河內，我們學到教訓，千萬別相信眼前所見，這兒各種東西常常表裡不一。就像我們所住的旅社巷口，馬路中央那有個圓環，圓環內是棟灰素素的水泥建築，約莫四層樓高，毫不起眼，乍看像未完工的工地。有天我們進去瞧，發現裡面裝潢著拋光石英地磚，商品擺在聚光燈下，你會以為自己在逛臺北東區的百貨公司哩。

然而比起新舊雜陳的市容，河內的空氣給我們留下更濃厚的初見面印象。抵達當晚，我們詢問櫃檯人員該去哪裡用餐好，他推薦給我們。依照建議，我們確實找到一間時髦的西式餐廳。我們走路去，再走路回來，回到房間我們擤鼻子，白紙巾上兩坨說不出形狀的烏黑色塊，好像解讀心理狀態用的分析圖樣。

我們住宿的旅社，房客多是西方人，我們和服務生也講英文。後來回想起來，整趟旅程我們似乎沒遇到任何來自亞洲的自助旅行者。

琳，旅社經理，年約二十五、六，精明強悍，你和她談判，絕對佔不到半點便宜。她穿著筆挺的套裝，幹勁十足，臉上掛著金屬細框眼鏡，好像那種，其他同學在跳舞烤肉聯誼，她都在宿舍讀書的書卷獎得主，以至於，她的精明也參雜些獃氣。

一晚，旅社員工聚餐，餐宴地點就在平時旅客們的早餐桌。那時我和小巷正從外面回來，見桌上擺了個大火鍋，圍著火鍋排滿整桌的蔬菜跟肉片，還有啤酒。職員們熱切地邀我們一起，硬是挪出兩個位子，我坐定，發現琳也在其中，她的雙頰早被酒精和沸滾的火鍋，蒸騰得紅噗噗的，此時，由經理身份所營造出的專業距離感已完全蒸發，她熱絡地塞了兩副洗好的免洗筷——當時河內常見的餐具——到我們手裡，然後暈陶陶地宣佈，她男友已來到旅社門口接她。

琳豪邁地站起身，在眾人吆喝聲中將啤酒喝乾，頭也不回地衝出門，奔向戀情。

琳離開後，有對澳洲夫妻，和我們同樣被夾擠在這群歡樂的越南員工中，其中那位先生告訴我，他見過琳的男友。有天他看到男友送琳來旅社上班，兩人緊貼在摩托車上，好像世界上已經沒有其他空間，只剩下車墊上這點夾縫，不過，我想就算有，他們肯定也不需要。河內巷弄裡的路並不平整，這對小情人在車上癲著抖著，熾烈著。

2

摩托車是越南城市居民主要的交通工具。據我們在胡志明市的導遊所述，單胡志明一市，二〇一一年，便有八百萬輛摩托車。

阮先生和友人阿明，各騎了臺摩托車來接我和小巷，帶我們遊河內。出發前我們領到各自的越式安全帽，後下方開有圓洞，這樣貼心的設計，當然是為了女孩們精心綁好的馬尾的安全。阮先生住河內，和阿明都嬌小精實，他們帶我們在路旁吃北越河粉，他說北方河粉較南方偏甜，多蔥料。我們和當地人一起坐矮凳，就著矮桌，用清洗過的免洗筷共餐。我試著不去在意賣河粉的婦人。她正用洗過無數次的竹筷夾起地上揉成一團的衛生紙，抹乾洗好的碗。

之後我們賞還劍湖，訪文廟。途中，在這些觀光景點，不時可見穿著傳統服的越南新人在拍婚紗照。準新娘上身是貼合的長衫，高岔開至腰處，下身搭長褲。褲頭上，岔縫下，恰恰好會露出有如金字塔的三角型側腰，這若隱若現的白皙小三角引人遐思，我跟小巷一直很疑惑，這樣的穿著到底算大膽還是保守啊？

阮先生中文講得非常流利，點子多，人頗健談。我們在公園閒坐，他談興大發，講起越戰時，他父母拿機關槍從頂樓窗口，對天上的軍機掃射，射完飛機再回屋裡煮飯，帶孩子。又說他想做生意，河內多木造房屋，可沒人在意防火這事，他想進口些消防器材，做代理什麼的。

有天早上，阮先生邀我跟小巷喝咖啡，他帶我們到了一間當地人去的咖啡館。這間咖啡館裡頭昏暗，擺了幾張桌子，已坐滿了人，大多是中老年男人，他們在黑暗中，看起來如同洞穴中的蝙蝠那樣精瘦，目光炯炯。我們坐在人行道的矮桌，咖啡送上，苦澀又甜潤。

此時，阮先生的朋友阿明——更像他的跟班——顫抖起來。

阿明白淨靦腆，很少開口說話，只是跟著阮先生做事。

阮先生見了，取笑他，中看不中用，年紀還這麼輕——！

阿明縮著身子，尷尬地笑，沒回話。

我有些意外。

「你冷嗎？」我問他。阿明身上穿了件寬大的羽絨防風外套，深褐色的。

「很冷，」他說，「冬天嘛。」

可我只穿了件連帽的T恤。比起臺北，河內溫暖太多了。

「他身體太差啦，」阮先生說。

阿明又笑，也未反駁。

然後我們聊到，下個月阿明就要到臺灣工作了。阮先生說阿明要去臺中。

「幸好，」我試著講些溫暖的話，「臺中沒那麼冷。」

可越南並非都是溫暖的。

這個國土距離狹長至一千六百五十公里的國家，如果你有機會在十二月的早晨，在下龍市路邊喝杯又苦又甜的咖啡，你就會發現它冷寒的一面。

我和小巷在河內找了間旅行社，買定三天兩夜下龍灣套裝行程。旅程結束那天早晨，我們搭船自下龍灣到下龍市，等候旅行社安排的巴士來接駁，載我們返回河內。等車時我們想找點熱飲暖身，有個美國男孩和我們同行。我們共處幾天，從未問過彼此的名字，只聽他說自己來自美國東北，先前在釜山教美語，薪水很不錯，打算在返國前遊歷一番。

這人，這青年人，在這趟旅程結束這麼多年後，我不知道為何我還記得他。我記得他一頭茶褐色短髮，穿著東南亞市集中常見的亞麻長褲，褲口束帶紮緊，腳趾夾著拖鞋。三天來，無論我們爬山，去海邊，沙灘，他的打扮大約都是如此。真特別，他沒有任何行李，身上永遠只掛了個長布包，布包垂至膝蓋，他踩著小步伐走路，上身幾乎不動，像面移動的紙板。

有一晚，我們和他，以及其他幾個旅客共進晚餐，他講到他母親希望他成家，說他年紀不小了，必須要買房子，買保險。

我們問他幾歲。

「二十六歲，」他說。

我們聽了，很坦白地告訴他說他不算多大（儘管那時我們也只大他幾歲），結果他竟然向我們道謝。

後來，可能因為這樣，他對我和小巷略有好感，但也可能因為那天實在太冷了。濕沈沈的陰天，港邊大風，海浪輪番擊打著防波堤。

我們三人沿著筆直的大馬路走，離等車的人群和紀念品店愈來愈遠。可不知為何我們懷抱著堅定的信念，相信我們一定能找到點熱的，而我們確實也找到一間掛有咖啡招牌的雜貨店。可當我們探進店內，裡頭空盪盪，暗昧不明，只有對老夫妻像受到催眠般盯在電視機前。

這對老人看到我們，先是大感吃驚，後來他們搞清楚我們的來意，就從櫥櫃裡翻出咖啡和煉乳，再從熱水瓶裡壓出熱水，那水瓶外的印花圖樣已斑駁脫落。我們坐在屋外喝咖啡，這時紙板男孩直接了當地結論說，他在旅遊書上讀到，下龍市就是坨屎，不值得一看。

他的確是這樣說的。

後來我們走回集合處，地上有張美鈔，我撿起來，仔細看，發現不過是張幾可亂真的玩具鈔票。我拿給他看，我們倆都覺得好玩，可我想叫他扔了。我有個難以說明的直覺，這張鈔票是從某個儀式中飛出來，本該要被燒掉。

但我什麼都沒提。

他把鈔票當寶貝似地收進皮夾裡。

「我要拿回去整整我朋友，」紙板男孩淘氣地說。

3

下龍灣的行程，從開始到結束，小巷和我都憂心忡忡。我們在旅行社結帳時，壓根不知道自己買到什麼，我們仔細詢問，得到的說明總是很混沌曖昧。
有天晚上，我在夜市買草莓，賣我草莓的女販子身著藍色布衣，寬臉，頭上戴了頂黑色船型寬帽，裝扮像北邊來的少數民族。攤車上鋪滿晶亮亮的大草莓，她請我試吃，我吃了，滋味香甜甚好。然後我們交易，她舉起黃銅秤，面無表情，眼神卻左右飄忽——這時我該有點警覺。
結果，等我返回住處，一吃草莓，真是又酸又空洞，簡直像在嚼保麗龍，至此我才想到女販子高舉的杆秤，肯定也動過手腳。
該說公平嗎？被耍得團團轉者，東、西方遊客皆然。在旅社搭電梯時，我和一對德國夫妻閒談，講起對河內的觀感，我們都同意玩得還算愉快。
「但就是沒辦法放輕鬆，」妻子在踏出電梯門前一刻，轉頭對我說，「你得時時防備。」
我們來旅行，沒想到是把自己活生生送進屠宰場。
下龍灣行程，出發當天早上，我們到旅行社門前集合，搭上一臺廂型麵包車。

這臺車左邊靠窗有三個座位，右邊單人座，中間是走道，但在河內旅行社業者的眼裡看來，事情絕沒這樣死板。車子在市區內四處繞，接其他遊客，座位坐滿後，他們從座椅旁拉出加裝的板凳，等加裝的凳子也坐滿，他們就叫我們擠一擠。

每次，真的是每次，我和小巷以為車子要離開河內了，結果我們又繞到哪兒停下接人。愈後面上車的人愈尷尬，大家異常安靜，沒人跟身旁的人聊聊天，因為你就算壓低聲音講話，也相當於跟整排座位的人講話。我們實在太親近彼此了。我轉頭看，坐旁邊白皮膚的男孩，他淡金色的髮絲，髮絲下青白的頭皮以及突囊，全在我眼裡。

直到車開出河內，道路兩旁的景色由樓房轉變成低矮的民宅，香蕉樹，田地，還有飛揚的沙塵。

公路旁有座觀光工廠，在我們這臺小車抵達前，停車場裡已停了好幾臺大型遊覽車，整批整批的西方遊客被載運來此。

此行我們有位越籍導遊，他自稱肯尼，他讓我們在這兒下車。我跟著人流走，瞧見工廠裡那些因受化學武器毒害，導致肢體殘缺的員工，他們表演性質地製作器皿，一些杯子盤子，有的用腳趾，有的口含著筆在上面描繪紋飾。然後我走到工廠旁像倉庫的大賣場，貨架上堆滿那些粗糙的手工藝品。

最後我走出倉庫，回到停車場，眼前站滿了先到的西方遊客，他們像各種各樣掏空的容器，漫無目的地晃來盪去。

如果你有辦法把自己抽離，從遠處的時空來觀看此時此刻，你肯定會感到荒謬。

你會感到荒謬而遺憾。

這兒所有的東西，包括人，包括手工藝品，包括用細筆塗畫在上面的藍漆，包括四周一望無際的黃土地和烈日，包括幾張鈔票就能買到的同情心，尊嚴，包括所謂的觀光產業——這些，沒有一項不比裡頭那些工人缺陷得厲害。

你措手不及。他們把你放在一個殘酷的位置，你消費或不消費，都是錯誤。甚至你開始譴責自己，口袋裡竟有那麼幾個錢？這些叮噹響的銅板，能落在你口袋裡最大的原因，僅僅是你碰巧出生在地球上其他地方？最後你索性隔絕和內心的一切。這倒比較容易，一但你發現自己有任何感受，你就拿塊布悶蓋住，直到自己再也無法出聲為止，然後你就能順利從這困局中逃脫了。快——快去加入停車場裡那些遊晃的身軀。你雙眼無神，但安全了。正如他們。

我們在那等著，直到導遊肯尼把大家招回車上。

4

當我們的遊船駛過，船民構成村落，筏筏相連，倒映成綠的海波，看守的狗兒從這筏跳躍至那筏，盡責地對著我們吠吼。

下龍灣，內陸之海，石灰岩島林，無風浪的安樂地。居住於此的人們，在竹筏上搭建船屋，以筏為家。

肯尼先帶我們在下龍灣的帛宏群島（Bon Hon）參觀石灰岩洞，他指著洞內一些鐘乳石介紹說，這看起來像條龍，所以叫龍石，那看起來像個老翁，叫老人石。這趟行程，小巷對我們這位導遊極為不滿，講到他就滿肚子氣，後來提到他，索性在他的名字前面冠個髒字。

那時我剛接觸繪畫，有點興趣，隨身帶著紙筆，便將畫本壓在石頭上，嘗試用鉛筆轉印石頭的紋理。結果被肯尼瞧見。肯尼走到我身邊。

他竟然大聲叫嚷，猛地誇獎讚嘆，他圓胖黝黑的臉笑得合不攏嘴。

我把畫本闔上，退到人群裡。

然後遊船開至港口暫時停泊，我們下船，正巧遇見小學生放學。穿著制服的小孩子們精力充沛，玩鬧著，奔跑過我們身旁，三兩下跳進港邊木舟，抄起船槳，划船回家。

夜裡我們的船下錨，可我們並未如我預期能享受山海間的靜謐。為了供電，船上的馬達整晚轟轟作響，我們的艙房就在旁邊，燃燒煤油的煙焦味整晚陪伴著我們。

房間怎麼分配，似乎是由肯尼隨性安排。我們這團幾位獨行的旅客，分到最後，有位巴西女孩落單，肯尼乾脆讓她和另一位男孩同房，女孩竟然爽快地同意了。

晚餐在船上，我們同桌有兩位中國老先生，一胖一瘦，兩人看來都精神。他們說自己來自廣西，穿過中越邊界，打算一路自助往南。這對老人有他們自己的節奏和準則，行事作風則讓我們其他人驚奇。例如用餐時，無論盤裡有什麼，美味與否，他們一律吃到見底；爬山時，我們氣喘吁吁，他們不但不需攙扶，身體好像灌滿氫氣，腳一蹬就飛上去了，其中一位胸前甚至還掛了單眼相機。我們其他人在後面得手腳並用，名符其實地爬山，而這老人還能騰出手取景拍照。

晚飯後，工作人員熱鬧了氣氛，播放卡拉OK。這時我才注意到我們團裡還有對德國夫妻，先生精瘦，脖子上圍了領巾，穿著機能運動服。他主動上臺唱，當他唱到披頭四的 Hey Jude 時，他真的開心起來，像個退休的有氧舞蹈老師那般扭動他的腰臀，毫不在意什麼中年男人形象，他老婆坐在旁邊反倒害臊地咯咯笑。

這時我沒看到肯尼，只有他的女助手——她保有自己的越南名 Ngoc——也和我們一起。

Ngoc 跟肯尼是極大的對比。當肯尼忙著想跟我們親熱，營造好感時，Ngoc 在幫我們搬行李，帶路，送餐點。

我會跟 Ngoc 談起天來，是在次日清晨，我睡醒，走上船頂甲板，此時霧氣未散，天將明未明之際，灣內朦朧，中國傳奇老人已在那練功，一名金髮男子站在圍欄邊眺望。Ngoc 也是。

我走到甲板另一頭。

一會兒，Ngoc 過來跟我打招呼，她穿著紅色夾克，頭髮剪到耳齊，像個學生，而她的確也是學生，她問我在船上睡得好嗎？喜歡這嗎？然後她說她也是第一次來下龍灣。

我有些訝異。

她告訴我，她原本負責其他北越行程，自從到河內唸會計夜校，她調來負責下龍灣。她家在越南更北邊鄉村。

我們交換名字，花了點時間在甲板上練習各自不習慣的發音。她說，Ngoc 是玉的意思。

「你長得很像我一位朋友，」阿玉說。

有些人，你跟他們講話，你會覺得你們早就認得彼此。

「我朋友現在在新加坡工作，」她又說。

越南是勞動力輸出國，在政府有計劃的推動下，每年輸出上萬名勞工至鄰近國家，尤其以臺灣、日本和南韓為最。接下來我們講了什麼，我不記得了，但我們聊著，直到太陽穿透迷濛的霧氣，好似替綠蒼蒼的山跟海揭開序幕。

早餐同樣在船艙餐廳裡，我和小巷坐在靠窗邊座位，和昨晚歡唱披頭四的夫妻同桌。這對德國夫妻心情很好，而且他們認得我們團員裡有誰。他們似乎以此為樂，開始清點人數，講到有個男孩沒現身，果然，早餐到一半時，這男孩子睡眼惺忪地闖進來。

「可憐的孩子，」太太笑說。

然後，我們被什麼話題牽引，聊起一部電影。片子的故事發生在一個節日裡，男主角莫名其妙發現自己被困在同一天，他每天睡醒睜開眼睛，日子又是相同的那天。男主角很憤怒，拒絕接受，直到他從像是每天推石頭上山，石頭又滾下來的折磨中找到意義。

很有意思的是，所有在座的人都看過這部片，Groundhog Day。

可當我們愈去講，太太的表情逐漸變得意味深長。這話題似乎在無意間觸碰到一個內在的無奈。關於生的困惑。而我們似乎都對那日復一日的時間牢籠，心有所感。

12/24/2011

5

前往猴島我們換了艘船，船長是個女人，但假若你見到她，你不會稱她為船長。這開船的婦人絲毫沒有領導者的架勢。她瘦得皮包骨，乾癟得像煎焦的魚，眉間深刻的愁紋。

這天，天氣清朗，海相平和友善，大多人都到船頂，躺著坐著，享受風和陽光。

我和小巷坐在船頭，光著腳板，將兩腿伸出欄杆，隨著浪潮搖晃，海風徐徐。我們旁邊坐了個美國人，大塊頭，這人我第一次見，他從其他地方被接上船。我們聊起來，這才發現他買這趟行程的價錢和我們並不相同，因此前晚他不是睡在煤油船艙，而是在某座島上的度假飯店裡。

這時我恍然大悟，原來買賣還是有規則，但只有賣方懂。好比說，第三天早上我們離開下龍灣，準備前往下龍市，我們的船駛離碼頭，這時，幾個西方人，他們從港邊衝過來，邊跑邊叫囂，直到堤防頂端，站在那揮舞雙臂，我們的船又倒回去。他們跳上船。

這幾人一上船就和工作人員大聲吵起來，他們堅持自己當初付了離岸的費用——原來連離港也要收費——可這越南船員毫無愧色，憤怒地說，他們沒付錢。他們大吵了一陣，沒想到越南員工氣勢更甚，幾個西方人漸居下風，可最後那船員閉上嘴，好像反正已被這些吵吵鬧鬧的遊客佔了便宜，讓他們上了船，也沒什麼可說，便板著臉走了。

船員離開後，有些好事者上前把這幾人圍住，想探聽事情原委，這幾人一見有聽眾，又罵罵咧咧，可很明顯地，辯駁聲已洩了氣。

我聽了會，難辨對錯，而我跟小巷甚至不知道有這筆費用？就像，我壓根不知道我們的行程裡有猴島，也不知道除了我，還有沒有人留意到那位船長？

猴島海濱是沙岸，女船長在近海處下錨，卸下木舟，來回將船上遊客一趟趟運至島上。她搖起船槳，孔武有力，不輸男人，不，恐怕還超越男人，至少我確信她比我們剛在甲板上認識的美國新朋友來得更耐操勞。這位工程師細皮嫩肉，圓胖的身軀白鬆鬆的，像撒了糖粉的甜甜圈。他後來告訴我們，他在谷歌上班，並要我們幫他保密。

但誰在意他的身份哩！我比較想知道我們的一人船長兼船工，能從這趟行程中得到多少酬勞？我們繳的費用中，有多少分配給她呢？

她知道自己的價值嗎？甚至，她認為自己有價值嗎？

唯一能提供我點線索的，是船長臉上的表情。看得出來勞動帶給她滿足，她似乎很自豪能將我們送到島上，還有這片她熟悉的家鄉風景，竟能吸引這麼多外國人從大老遠來看。

她看到大家下船，踩進海水裡笑鬧滑稽的模樣，她也跟著笑了。

海水溫暖，我們踏著水走到沙灘，幾隻野猴在沙灘上曬太陽，見人來並沒有反應，反而是人有些懼怕猴子。

我和小巷在島上胡亂走，誰提議爬山，我們跟了段路，島岩嶙峋，我們的休閒鞋並不好走，走不遠，後來便回頭。結果紙板男孩倒是維持上身不動的姿態，三步併兩步走了上去。

阿玉和她的幾個女朋友在沙灘上嘻鬧，不知發生什麼事。我跟小巷回到沙灘，她告訴我們，野猴摸走了她的駕照。

我以為她跟我開玩笑。

「不是，」她說，「我和我的朋友去爬山，我們把皮包放旁邊，結果猴子跑來，打開我的皮夾，拿走我的駕照。」

「猴子要騎摩托車？」我問她。

「猴子要上街！」她說。

「警察檢查，猴子有駕照，妳沒有——」我開她玩笑說。

這下阿玉笑得更樂。

6

胡志明市較河內炎熱，高樓大廈林立。我們參觀了戰爭遺跡博物館，看了許多相片，還有美軍使用的生化武器橘劑。

那些相片實在很直接。

像是，他們想告訴你罪惡跟殘酷，他們就把這兩個詞用很粗很黑的筆寫得非常大，貼在牆上。

幾年後我和一位移民法國的越南人聊到這事，我以為她會對那些展品內容憤慨，可她的立場不同，她用提防的語氣說，或許，那些展品是越南當權政府的抹黑手段。

我們在胡志明市的住處，就在背包客群聚的范五老街附近巷內，當時我們常去轉角一間旅遊指南推薦的河粉店。我們抵達當晚就在那兒用餐。

我們搭越南國內班機，從河內直飛胡志明市，落地後發覺一下子難以調適。

除了眼前的摩天高樓，路上繁鬧的人車，還有這間河粉店裡，我們身旁的客人們。那是幾個剛放學的小女生。這幾個小孩像普通小學生那樣打打鬧鬧，但差別在於，她們眼眶塗抹了濃厚的妝。小巷看到她們，臉色一沈，似乎瞬間老了幾歲，但我看得明白。不過兩小時多的飛航行程，我們平行飛開地理空間，還垂直飛越了階層。我們眼見越南內不同的越南。

昨天小孩子們得划船搖槳回家，今天，她們眼眶周圍畫著眼妝線。

范五老不眠街（Khu phố Phạm Ngũ Lão）。整晚你可見到有著洋人臉蛋的混血街童，臉上淌著鼻水，和其他孩子們在路上追逐；酒吧裡，白男人摟抱越南女人，女人們穿厚底跟鞋，貼滿亮片的上衣，她們都有柔亮的長髮披肩；旅人，大多是年輕人，坐在街邊喝冰啤酒，期待今晚發生什麼事，搭上什麼人。

白天我們去郊外，爬古芝地道，看當年製作的釘板陷阱，聽導遊解釋戰爭時越南游擊隊如何在地道內生活，他們甚至在地下挖了座學校。

有一天，我們參加當地旅行團到湄公河三角洲。開放式的駁船乘載著觀光遊客，河水混濁，因船行而激濺，船吃水甚深，你手放下便能觸及到河浪。到了三角洲濕地，小木舟的船夫撐起篙，好讓我們能從平底駁船穩當地跨至小舟。排在我和小巷之前是個印度家庭，整家約七、八位成員，營養都好，穿戴華麗，像一組不同噸數，茶色系的保齡球。其中有位女眷，她踩上船，小木船瞬間失去重心，劇烈地搖晃，這富有的印度女人嚇得一屁股跌坐，迅速將雙臂平伸於船外企圖保持平衡。

「手別伸出去，當心鱷魚一口咬下你的小指頭——」船夫捉弄她。

女人嚇得細聲尖叫，趕緊把手縮回來，然後她發現自己失態，扭捏地笑起來。

我們同樣又被帶到三角洲的觀光紀念品區，湄公河三角洲產椰子，並用椰子衍生出許多商品，椰子肥皂、椰子油、椰子糖……椰子是越南重要的外銷品，最大進口國就是他們的鄰居，中國。

西方遊客們擠在小小的紀念品店內，爭相打開荷包。店外有條大蟒蛇，輪流掛在大家身上。我們同團兩位西班牙女生，她們大概前一晚宿醉，在車上沒醒過，輪到她們時，蟒蛇在他們脖子上蠕動，她們倆哀哀叫，聲音像喝了假酒，抽了廉價的菸草那樣粗糙。

住處附近。在胡志明市我們還特別參觀了一個特別的景點，一座路邊的無名廟，就在我們

一晚，有個老人在廟門前招攬人參觀，小巷好奇，我們便進去了，老人順勢湊到我們身邊，硬塞了兩包線香到我們手裡，指點我們祭拜的流程。

我從不拿香拜神，做這事實在勉強，當時心裡只好想，就當入境隨俗吧。

但到底隨了什麼俗？

我繞著廟內的殿堂走，仔細看，發覺廟裡供奉的應該是印度教神祇。有些印度人也來這裡，依照他們的方式禮拜，可這座廟卻是徹底的閩南式建築，紅磚飛簷，我們手裡還握著香。

之後，我們走出廟門，意外的事發生了。

老人追上來討錢。

小巷很訝異，她認為香不是我們自願要買，不願意付。

老人急起來，他咆哮著，含混地怒罵。我看見他的嘴裡沒剩幾顆牙，而那幾顆牙齒似乎都因他的怒氣在晃動。小巷和他在路邊大吵，老人大約用最惡毒的話咒罵我們，他枯細的手臂像被綁了吊繩，被人扯著在空中亂舞。

後來，應該是我，問老人要多少錢，我拉開背包準備拿錢，小巷卻掉頭要走。

結果小巷把我也訓了一頓，因為老人開了天價，要不是我拿出錢包。

我們走回夜市吃晚餐，小巷氣惱不過。等我們加入路邊那些洋人，和他們一起坐板凳上手拿冰啤酒，望著馬路發呆時，小巷忍不住和身旁的英國人抱怨起剛才發生的事。

誰知這傢伙聽完，竟連絲毫安慰也不願給我們。他說：

「誰叫你們這麼好奇。」

「拿人家東西本來就該給錢。」

「你們拿之前怎麼不先問問清楚——」

這年輕人受公司外派來此工作，最後他強調：

「我在這待了幾個月，可沒遇過這種事。」

我們損失了錢，拜了不明白的神，遭人在路邊責罵，現在得知，這全該怪我們自己。

至今我仍然不明白，小巷聽完英國人這番教訓，到底在她心裡起了什麼變化？她像在人生的風浪中下了某種堅定不移的，沈實實的決心。她面無表情，從那一刻起，我再沒聽她因被佔便宜而抱怨。

7

十二月二十四日，平安夜。

我們沒有特別計劃，便在路上散步，想知道這兒人怎麼過節。夜晚，馬路上湧入許多人車，原本已塞滿摩托車的街頭，現在完全癱瘓了。可人們的表情是喜悅的。路樹上懸掛的彩燈，還有那份節慶的歡愉，轉化了人們的心情。

又或者，真有什麼改變——？

走在范五老街上，酒吧裡那些男男女女，他們的表情似乎也散發了點柔情。在他們互看彼此的眼神中，我似乎瞧見，那微乎其微的，愛的可能。

——哎，別管了，今晚就讓我們擁有信仰吧。

就像相信人能行走於水面，南瓜能變成馬車，相信愛是真實，愛是存在。

至少離天亮之前，人們還有整整能作夢的一夜。

我和小巷決定平平靜靜度過今晚，走了段路後，我們買些零食汽水回住處。我買了包洋芋片，結果等我們回去一計算，哎呀，這包洋芋片又是天價！

小巷的臉立刻攤垮，我們以為自己又上了當。

後來我再三翻看，確認這包標榜天然有機，烘烤而非油炸的美國進口貨，的確要花這個價錢。這時小巷才悻悻然，她無法相信整趟行程我們精打細算，希望省點開支，結果，在吃了那麼多路邊攤後，今晚我卻浪擲金錢在一包訴求健康的垃圾食物上。

最後我們擺放好所有的零食，拍了張照，大吃一頓，然後安穩入睡。

8

於是她成了照片中一個小小的人影，穿著黑色或鮮豔的衣服，與志留季或泥盆紀岩石的條紋相映成趣。照片裡也可能是遭強力擠壓的片麻岩，經美洲板塊與太平洋板塊碰撞而擠壓變形，成為今日的大陸。她漸漸學會用自己的雙眼觀察，應用方學到的知識，直到她能夠站在某條空蕩蕩的郊區街上，便知她腳下深處是堆滿碎石的火山口，只是始終無法見天日，也從未有人得見。

〈深洞〉愛莉絲．孟若

9

十多年前的行程，本該忘卻的景與事，萍水相逢的剎那。他們。似乎靜候在角落，等待著。就像被我留在抽屜底層，那些染上淡淡顏色的相片。

12/24/2011

為什麼記憶遲遲不願離去呢？

即將離開下龍灣的那天早晨，我們用過早餐後，搭上旅行社安排的小巴士前往碼頭。我們又一個個被塞滿在車裡，肯尼陪我們搭車，他站在車門邊，單手抓著車頂扶把，看起來還有那麼點瀟灑。

肯尼刻意和我們閒聊，噓寒問暖，但他的語調高昂，實在過分地歡樂熱情，所有人都能察覺這之中的不合理和虛偽。這幾天下來，我們都對他的伎倆疲乏了。

山路蜿蜒，路面顛簸，這座山正被開發，可能準備造路，建設。觀光外匯正滾滾地流入，精明的人們抓住了時機。開車的司機是個二十出頭的青年人，他放著電子樂。車窗密閉，我們聽不見外頭的聲音，透過車窗玻璃，我可以看見挖土機正一鑿一鑿地在挖掘山壁，卡車上載滿預備棄置的廢土。

聽著迷幻的電子音樂，眼見重型機具和裸露的山岩，一股難以形容的，錯置的荒誕感又從我心底浮起。

忽然間，司機換了張唱片，曲風完全改變了。一位嗓音低沈的女人在唱著。曲子的風格聽來像九〇年代的流行樂，我聽著，站在車門邊的肯尼也聽著。他閉起雙眼。

這位整趟行程，每當被提起時，都被小巷在名字前冠個髒字的男人，此時跟著音樂，他哼唱了起來。

肯尼終於不再笑了，他深深地唱著，他將自己唱成旋律。哀愁從他的聲音裡流瀉，好像這首歌曲導引著他，引領他，終於抵達那位被他遠遠拋下的自己。

肯尼在此時此刻完整起來。

身處於快速成長的經濟體，社會分秒必爭地扭轉，肯尼的家鄉和他被一種難以抗拒的介入力道所撕裂。有人迷惘，有人大幅落後，肯尼兩者都不是，肯尼做出選擇。他決心要擺脫那種船屋、清晨的霧濛濛、狗兒在竹筏上看門的生活……他選擇朝擁有電梯高樓，畫著濃黑眼妝的小女兒，喇叭聲徹夜響的人生靠攏。

我不喜歡肯尼，但我無法苛責他，骨子裡，或許我並沒有比他高尚多少。

12/24/2011

車內是一片沈靜，除了肯尼的歌聲迴盪。

旋即，曲盡人將散，肯尼跟我們道別，新生意上門，他讓司機在半路停車。在跳下車前，當肯尼一轉頭向我們道別，我瞥見那個笑嘻嘻的肯尼又回來了。

負責送我們回河內的是阿玉。我們又回到頭頂走滿電線，建築外牆漆著無產階級英雄的 Hanoi。

我相信我們應該是好好說了再見，可至今我無法想起阿玉的臉。

有時，我會想到這趟旅程和這兩人。他們現在如何了呢？

假使肯尼沒有改變他的目標，他應該能過上挺舒適的日子，但恐怕也更迷失，更困惑。

至於阿玉？我從不覺得我們分別。我從不感傷，我總能見到她，在家附近菜市場的攤車後，在臺北街頭小吃店的廚房裡，在社區公園，在工廠收班的人潮中，她們都是阿玉。只要她們露出笑容，我便相信自己見到她。

心中阿玉的相貌早已模糊難辨，但她那開朗而舒坦的笑容，留住了。

後記

寸絲不挂，旅途與其後

這本書裡，最早的舊金山旅程應該出發於二〇〇七或〇八年，而最晚的波爾多行，在二〇一七年。

過往我疏於留意時間紀錄，回看的時候，更感到大半次序，變得十分模糊。誰先，誰後，彷彿在記憶裡頭，位置有所改變。形狀也變了，有的回憶突出，有的，則變得小小的，悠悠的，好像石塊經由風那樣吹，散落成塵粒。

腦海裡浮現安妮・華達（Agnes Varda）《最酷的旅伴》（Visages Villages）。她和

ＪＲ在海灘上製作的塗鴉作品，隔一晚消失殆盡，那兒海風侵蝕的力道之強。寫作在旅途後，成書更遲。

十年多前，陸續接觸速寫、人體速寫、禪修，然後，開始往外走。再過一陣子，這些看似毫不相干，我甚為喜愛的活動，也就這樣理所當然被我包裹成一塊兒。我試著用我所能表達的方式，我感到是笨拙又稚氣的方式，將它們放進這本書裡。

校稿時讀到某紀述，我頗為意外，這個寫作者，當年的我，多麼青澀好笑。有些篇章更使我驚訝，我以為，當時我寫下的某個感受或某種體會，寫得深刻傷心，結果重新審閱時，看來根本像另一回事。

根據典籍《五燈會元》記載，唐朝溫州地方有座淨居寺，裡頭住有一位比丘尼，名為玄機。玄機比丘尼在大日山石窟中修習禪定，某時，她感到自己避鬧趨靜，心中其實仍有揀擇，便離開了洞穴，下山遊訪。她參見雪峯義存禪師。這則公案是這樣的：

峯約。汝名甚麼？師曰。玄機。峯曰。日織多少。師曰。寸絲不挂。
遂禮拜退。纔行三五步。峯召曰。袈裟角拖地也。師回首。峯曰。大好寸絲不挂。

為本書搭配畫作，挑選人體速寫圖時，我想到這則公案，對照自己的頻頻回首；旅途中，我以為我走遠了，有時一個恍惚，又發現我似乎哪兒也沒去。好像是去不成的，人心裡頭背著那些印記、回憶、情感、氣味、光影的羈絆，總讓人停駐於各處各地。

本來我意圖讓書裡的文字，儘量朝某個類別靠攏，後來我不做此想了。同樣，文字與畫作瑕疵一併保留。

宏智正覺禪師的詩偈，境界如此讓人嚮往，不過旅途的種種卻也實在。

感謝我的老師雷驤先生，以及畫畫班同學並東美靜宜。諸多情意，點滴在心。

謝謝一切的慷慨和包容。

邵慧怡

二〇二三年冬　於文山

UNE
VIE
TOUTE
NEUVE

嶄新生活

作者：邵慧怡
圖作：邵慧怡
企劃編輯：孫立馨
美術設計：Ancy Pi
內文排版：宸遠彩藝工作室
總編輯：李靜宜
發行人：連正世
出版發行：東美出版事業有限公司
台北市中正區水源路93號4樓
電話：（02）8245-3736　傳真：（02）8245-3786
讀者服務信箱：donmaybook@gmail.com
東美文化：http://www.donmay.com.tw
法律顧問：漢昇法律事務所　陳金漢律師
製版印刷：中原造像股份有限公司
初版一刷：二〇二四年一月
定價：三六〇元
ISBN: 9786269737123（平裝）

國家圖書館出版品預行編目（CIP）資料

嶄新生活 = Une vie toute neuve / 邵慧怡作 . -- 初版 . -- 臺北市 : 東美出版事業有限公司, 2023.11
面；　公分
ISBN 978-626-97371-2-3（平裝）

863.55　　112017949